A MORTE DO GOURMET

MURIEL BARBERY

A morte do gourmet

Tradução
Rosa Freire d'Aguiar

3ª *reimpressão*

COMPANHIA DAS LETRAS

Copyright © 2000 by Editions Gallimard

Grafia atualizada segundo o Acordo Ortográfico da Língua Portuguesa de 1990, que entrou em vigor no Brasil em 2009

Título original
Une gourmandise

Capa
Kiko Farkas/ Máquina Estúdio
Thiago Lacaz/ Máquina Estúdio

Imagem de capa
© David Lees/ Corbis/ LatinStock

Preparação
Márcia Copola

Revisão
Tatiana Valsi
Ana Luiza Couto

Dados Internacionais de Catalogação na Publicação (CIP)
(Câmara Brasileira do Livro, SP, Brasil)

Barbery, Muriel
    A morte do gourmet / Muriel Barbery ; tradução Rosa Freire d'Aguiar. — São Paulo : Companhia das Letras, 2009.

    Título original: Une gourmandise.
    isbn 978-85-359-1461-0

    1. Ficção francesa I. Título

09-04039	CDD-843

Índice para catálogo sistemático:

1. Ficção : Literatura francesa 843

Todos os direitos desta edição reservados à
EDITORA SCHWARCZ LTDA.
Rua Bandeira Paulista, 702, cj. 32
04532-002 — São Paulo — SP
Telefone (11) 3707-3500
www.companhiadasletras.com.br
www.blogdacompanhia.com.br
facebook.com/companhiadasletras
instagram.com/companhiadasletras
twitter.com/cialetras

Para Stéphane, sem quem...

Sumário

O sabor, 9
(Renée), 12
O proprietário, 14
(Laura), 17
A carne, 22
(Georges), 25
O peixe, 32
(Jean), 37
A horta, 40
(Violette), 47
O cru, 50
(Chabrot), 55
O espelho, 58
(Gégène), 62
O pão, 65
(Lotte), 71
O sítio, 73
(Vênus), 79

O cachorro, 81
(Anna), 87
A torrada, 90
(Rick), 93
O uísque, 96
(Laure), 103
O sorvete, 105
(Marquet), 110
A maionese, 111
(Paul), 117
A iluminação, 120

O sabor

Rue de Grenelle, o quarto

Quando eu tomava posse da mesa, era como um monarca. Éramos os reis, os sóis daquelas poucas horas de festim que decidiram o futuro deles, que desenhariam o horizonte, tragicamente perto ou deliciosamente longe e radioso, de suas esperanças de chefs. Eu entrava na sala como o cônsul entra na arena para ser aclamado, e ordenava que a festa começasse. Quem jamais provou o perfume inebriante do poder não consegue imaginar esse súbito jato de adrenalina que irradia pelo corpo inteiro, desencadeia a harmonia dos gestos, apaga qualquer cansaço, qualquer realidade que não se dobre à ordem de seu prazer, esse êxtase da força sem freio, quando já não há que combater mas apenas desfrutar daquilo que ganhamos, saboreando infinitamente a embriaguez de suscitar o temor.

Assim éramos e reinávamos como senhores e mestres nas maiores mesas da França, empanturrados da excelência dos pratos, de nossa própria glória e do desejo jamais saciado, sempre tão excitante quanto a primeira pista de um cão de caça, de decidir sobre essa excelência.

Sou o maior crítico gastronômico do mundo. Comigo, essa arte menor se elevou ao nível mais prestigioso. O mundo inteiro conhece meu nome, de Paris ao Rio de Janeiro, de Moscou a Brazzaville, de Saigon a Melbourne e Acapulco. Fiz e desfiz reputações, fui, de todos esses ágapes suntuosos, o mestre de obras consciente e impiedoso, espalhando com minha pena o sal ou o mel aos quatro ventos em jornais, programas e tribunas diversas onde, sem trégua, era convidado a discorrer sobre o que até então estava reservado à intimidade de revistas especializadas ou à intermitência de crônicas semanais. Para a eternidade, alfinetei em meu quadro de honra alguns dos mais prestigiosos toques da cozinha gastronômica. A mim, e só a mim, devem-se a glória e depois a queda do restaurante Partais, a derrocada do restaurante Sangerre, o esplendor sempre mais incandescente do restaurante Marquet. Para a eternidade, sim, para a eternidade fiz deles o que são.

Agarrei a eternidade na casca de minhas palavras e amanhã vou morrer. Vou morrer em quarenta e oito horas — a não ser que esteja morrendo há sessenta e oito anos, e que só hoje tenha me dignado notar. Seja como for, a sentença de Chabrot, o médico e amigo, chegou ontem: "Meu caro, restam-lhe quarenta e oito horas!". Que ironia! Depois de decênios de comilança, de torrentes de vinho, bebidas alcoólicas de todo tipo, depois de uma vida na manteiga, no creme, no molho, na fritura, no excesso a toda hora sabiamente orquestrado, minuciosamente paparicado, meus mais fiéis lugares-tenentes, o sr. Fígado e seu acólito, o Estômago, portam-se maravilhosamente bem e é meu coração que me abandona. Morro de insuficiência cardíaca. Que amargura também! Recriminei tanto os outros por não o terem em sua cozinha, em sua arte, que nunca pensei que talvez fosse a mim que ele fizesse falta, esse coração que me trai tão brutalmente, com um desprezo mal disfarçado, tal a rapidez com que se afiou o cutelo...

Vou morrer, mas não tem importância. Desde ontem, desde Chabrot, só uma coisa importa. Vou morrer e não consigo me lembrar de um sabor que trota em meu coração. Sei que esse sabor é a verdade primeira e última de toda a minha vida, que ele detém a chave de um coração que desde então silenciei. Sei que é um sabor de infância, ou de adolescência, uma iguaria original e maravilhosa antes de qualquer vocação crítica, antes de qualquer desejo e qualquer pretensão de expressar meu prazer de comer. Um sabor esquecido, acomodado no mais profundo de mim mesmo e que se revela no crepúsculo de minha vida como a única verdade que ali se tenha dito — ou feito. Procuro e não encontro.

(Renée)

Rue de Grenelle, o apartamento dos zeladores

E o que mais?

Será que para eles não basta que todo santo dia que Deus criou eu limpe a lama que cai dos sapatos de ricos deles, que aspire o pó das andanças de ricos deles, que escute as conversas e preocupações de ricos deles, que alimente os totós deles, os bichanos deles, que regue as plantas deles, que assoe os pirralhos deles, que receba as gratificações de Natal deles, e esse é o único momento em que param de bancar os ricos, que cheire os perfumes deles, que abra a porta para os conhecidos deles, que entregue a correspondência deles, abarrotada de extratos bancários de contas de ricos, com as rendas de ricos e os débitos de ricos, que me violente para responder aos sorrisos deles, que more, para terminar, no prédio de ricos deles, eu, a concierge, a insignificante, a coisa atrás da vidraça, que eles cumprimentam na pressa para se sentirem em paz, porque incomoda ver aquela velha coisa escondida no seu reduto todo escuro, sem lustre de cristal, sem escarpins de verniz, sem mantôs de lã de camelo, incomoda mas ao mesmo tempo tranquiliza, como uma encarnação da diferença social que justifica a superioridade da classe deles, como um monstrengo que enaltecesse a munificência deles, como um figurante que realçasse a elegância deles — não, para eles ainda não basta, porque além de tudo isso, além de levar dia após dia, hora após hora, minuto após minuto mas, sobretudo, e é de fato o pior, ano após ano essa vida de reclusa inconveniente, eu teria de *entender* suas tristezas de ricos?

Se eles querem notícias do Meeestre, que batam à porta.

O proprietário

Rue de Grenelle, o quarto

Tão longe quanto datam minhas lembranças, sempre gostei de comer. Não saberia dizer com exatidão quais foram meus primeiros êxtases gastronômicos, mas a identidade de minha primeira cozinheira predileta, minha avó, não deixa subsistir muita dúvida a respeito. No cardápio das festividades, houve, assim, carne com molho, batatas no molho, e material para molhar tudo isso. Mais tarde, nunca soube se era minha infância ou os ensopados que eu era incapaz de reviver, mas nunca mais degustei com tanta avidez — oximoro em que sou especialista — quanto à mesa de minha avó batatas encharcadas de molho, pequenas esponjas deliciosas. Estaria aí esta sensação esquecida que aflora em meu peito? Basta que eu peça a Anna que deixe marinar uns tubérculos no molho de um coq au vin burguês? Infelizmente, sei muito bem que não. Sei muito bem que o que procuro sempre escapou à minha verve, à minha memória, à minha reflexão. *Pots-au-feu* miríficos, frangos à caçadora de deixar embasbacado, coq au vin deslumbrantes, blanquettes assombrosas, vocês são de fato os companheiros de minha infância carnívora e molhenta.

Quero bem a vocês, amáveis panelas com eflúvios de caça — mas não são vocês que procuro agora.

Mais tarde, apesar desses amores antigos e jamais traídos, meus gostos se voltaram para outras plagas culinárias, e ao amor pelo ensopado foi se superpor, com a delícia suplementar que a certeza de seu próprio ecletismo proporciona, o apelo premente dos sabores despojados. A sutileza do carinho do primeiro sushi no palato não tem mais segredo para mim; e bendito o dia em que descobri em minha língua o aveludado inebriante e quase erótico da ostra que se segue à lasquinha de pão com manteiga salgada. Despojei com tanta finura e brio sua delicadeza mágica que o bocado divino se tornou para todos um ato religioso. Entre esses dois extremos, entre a riqueza calorosa do guisado e o esboço cristalino da concha do marisco, percorri todo o espectro da arte culinária, como esteta enciclopédico sempre adiantado de um prato — mas sempre atrasado de um coração.

Ouço Paul e Anna falando em voz baixa no corredor. Entreabro os olhos. Meu olhar encontra, como de costume, a curvatura perfeita de uma escultura de Fanjol, presente de aniversário de Anna nos meus sessenta anos, parece-me que há tanto tempo. Paul entra devagarinho no quarto. De todos os meus sobrinhos e sobrinhas, é o único de quem gosto e a quem estimo, o único cuja presença aceito nas últimas horas de minha vida e a quem fiz, assim como à minha mulher, antes de não poder mais falar, a confidência de meu desespero.

"Um prato? Uma sobremesa?", perguntou Anna com soluços na voz.

Não suporto vê-la assim. Amo minha mulher, como sempre amei os belos objetos de minha vida. É assim. Como proprietário vivi, como proprietário morrerei, sem melindres nem gosto pelo sentimentalismo, sem nenhum remorso de ter acumulado assim tantos bens, conquistei as almas e criaturas como quem compra um quadro de valor. As obras de arte têm uma alma. Talvez por saber que é impossível reduzi-las a uma simples vida mineral, aos elementos sem vida que as compõem, é que nunca senti a menor vergonha de considerar Anna a mais bela de todas, ela que, durante quarenta anos, alegrou com sua beleza cinzelada e sua ternura digna as peças de meu reino.

Não gosto de vê-la chorar. No umbral da morte, sinto que espera alguma coisa, que sofre com esse fim iminente que se perfila no horizonte das horas próximas, e que teme que eu desapareça no mesmo nada de comunicação que mantivemos desde nosso casamento — o mesmo mas definitivo, sem apelação, sem esperança, o álibi de que amanhã será talvez outro dia. Sei que pensa ou sente tudo isso, mas estou pouco ligando. Não temos nada a nos dizer, ela e eu, e ela terá de aceitar isso assim como eu quis isso. Gostaria apenas que assim o compreendesse, para apaziguar seus sofrimentos e, sobretudo, meu desagrado.

Agora mais nada tem importância. A não ser esse sabor que persigo nos limbos de minha memória, e esse sabor furioso com uma traição da qual não tenho nem sequer lembrança resiste a mim e se esquiva obstinadamente.

(Laura)

Rue de Grenelle, a escada

Lembro-me das férias na Grécia quando éramos crianças, em Tinos, aquela ilha horrorosa, crestada e descarnada, que detestei desde o primeiro olhar, desde o primeiro passo em terra firme, quando abandonamos as tábuas do navio, quando abandonamos os ventos adriáticos...

Um grande gato cinza e branco pulara para o terraço e, dali, para a mureta que separava nosso local de vilegiatura da casa invisível do vizinho. Um gato grande: para os padrões do país ele era impressionante. As redondezas estavam cheias de bichos famélicos com cabeça abanando cujo andar exausto me partia o coração. Aquele, porém, parecia ter entendido muito depressa a lei da sobrevivência: passara pela prova do terraço, empurrara a porta da sala de jantar, atrevera-se a entrar e, sem vergonha, se precipitara como um justiceiro sobre o frango assado que reinava em cima da mesa. Nós o encontramos à mesa diante de nossas vitualhas, com o ar apenas assustado, talvez só para nos amansar um pouco, tempo bastante para arrancar uma asa com uma dentada seca e experiente e fugir pela porta-janela, com o butim nos beiços, rosnando mecanicamente para nossa maior alegria de crianças.

Naturalmente, ele não estava lá. Voltaria de Atenas dali a alguns dias, contaríamos a ele — *mamãe* contaria a ele, cega diante de sua fisionomia de desprezo, de seu amor ausente —, que não prestaria a menor atenção, já de partida para outro rega-bofe, longe, nos antípodas: sem nós. Mesmo assim, olharia para mim com uma chispa de decepção no fundo das pupilas, a menos que fosse repulsa, ou talvez crueldade — decerto os três ao mesmo tempo —, e me diria: "Esse gato é uma lição viva de como se sobrevive", e suas palavras soariam como um dobre fúnebre, palavras para ferir, palavras para fazer mal, para supliciar a menininha amedrontada, tão fraca, tão insignificante: sem importância.

Era um homem brutal. Brutal nos gestos, no modo dominador de agarrar os objetos, no riso satisfeito, no olhar de rapace; nunca o vi se *distender*; tudo era pretexto para tensão. Desde o café da manhã, nos raros dias em que nos dava a colher de chá de sua presença, o martírio começava; num clima psicodramático, com solavancos vocais bruscos, debatia-se a sobrevivência do Império: o que se ia comer na hora do almoço? As compras no mercado se passavam em meio à histeria. Minha mãe curvava a cabeça, como de hábito, como sempre. E depois ele partia de novo, para outros restaurantes, para outras mulheres, outras férias, nas quais não estávamos, nas quais nem sequer figurávamos, tenho certeza, a título de lembrança; apenas, na hora da partida, talvez, figurássemos a título de moscas, de moscas indesejáveis que a gente enxota com o dorso da mão, para não mais pensar nelas: éramos seus coleópteros.

Foi numa noite, ao cair da tarde. Ele andava na nossa frente, as mãos nos bolsos, entre as lojinhas de turistas na única rua comercial de Tinos, com um passo imperioso, sem um olhar. A terra poderia ter cedido sob nossos pés, para ele era igual; avançava, e a nós, com nossas perninhas de crianças aterrorizadas, cabia pular o abismo que se abria entre nós. Ainda não sabíamos que eram as últimas férias que ele passava conosco. No verão seguinte, acolhemos com alívio e delírio a notícia de que não nos acompanharia. No entanto, bem depressa tivemos de nos resignar a outra praga, a de mamãe zanzando como um fantasma nos locais de nossas recreações, e isso nos pareceu pior, porque por sua própria ausência ele conseguia nos fazer sofrer ainda mais. Naquele dia, porém, estava bem presente e escalava a ladeira numa velocidade desencorajadora — eu tinha parado diante de um boteco com iluminação a neon, e estava com a mão na cintura, incomodada por uma pontada, e ainda tentava convulsamente retomar fôlego quando, apavorada, o vi descendo, seguido por Jean, lívido, que fixava em mim seus grandes olhos chorosos; parei de respirar. Ele passou na minha frente sem me ver, entrou no boteco, cumprimentou o dono e, enquanto nós, indecisos, nos balançávamos de um pé para outro na entrada, apontou alguma coisa atrás do balcão, levantou a mão com os dedos bem afastados para significar "três", nos fez um breve sinal para entrarmos e sentou a uma mesa, no fundo do bar.

Eram os lukumados, aqueles bolinhos perfeitamente redondos que são jogados no óleo fervendo, só o suficiente para que a epiderme fique crocante, enquanto por dentro ficam macios e fofos, e que depois são besuntados de mel e servidos pelando, num pratinho, com um garfo e um grande copo de água. Pois é, sempre a mesma coisa. Penso como ele. Como ele, descasco a sucessão de sensações, como ele as enrolo com adjetivos, estico, dilato-as na distância de uma frase, de uma melodia verbal, e já não deixo subsistir da comida passada senão palavras de prestidigitador, que fazem o leitor acreditar que ele comeu igual a nós... Sou mesmo filha dele...

Ele provou um bolinho, fez careta, afastou o prato e nos observou. Sem vê-lo, eu sentia que, à minha direita, Jean tinha a maior dificuldade do mundo em deglutir; quanto a mim, adiava o instante de dar outra mordida e, petrificada, olhava bobamente para ele, que nos observava.

"Gostou?", perguntou-me com sua voz áspera.

Pânico e desorientação. A meu lado, Jean ofegava suavemente. Violentei-me.

"Gostei", disse, num resmungo fraco.

"Por quê?", prosseguiu com uma secura crescente, mas eu via muito bem que, no meio de seus olhos que me inspecionavam de verdade pela primeira vez em anos, havia uma fagulha nova, inédita, como uma nuvenzinha de expectativa, de esperança, inconcebível, angustiante e paralisante porque, fazia muito tempo, eu tinha me acostumado a que ele não esperasse nada de mim.

"Porque é bom?", arrisquei, encolhendo os ombros.

Eu tinha perdido. Quantas vezes, desde então, repassei em pensamento — e em imagens — esse episódio dilacerante, esse momento em que alguma coisa poderia ter balançado, em que a aridez de minha infância sem pai poderia ter se metamorfoseado num amor novo, resplandecente... Como em câmera lenta, na tela dolorosa de meus desejos frustrados, os segundos desfilam; a pergunta, a resposta, a espera e depois o aniquilamento. O clarão em seus olhos apaga-se tão depressa quanto se incendiara. Enjoado, ele se vira, paga, e me reintegro imediatamente nas masmorras de sua indiferença.

Mas o que estou fazendo aqui, nesta escada, com o coração disparado, repassando esses horrores há tanto tempo superados — enfim, que deveriam estar superados, que deveriam ter capitulado, depois de tantos anos de sofrimentos necessários, no divã, eu sendo assídua à minha própria palavra e conquistando um pouco mais a cada dia o direito de já não ser ódio, de já não ser terror, mas somente eu mesma. Laura. Filha dele... Não. Não irei. Fiz o luto do pai que não tive.

A carne

Rue de Grenelle, o quarto

Descíamos do barco em meio à algazarra, ao barulho, à poeira e ao cansaço de todos. A Espanha, atravessada em dois dias estafantes, já não era mais que um fantasma vagando nas fronteiras de nossa memória. Pegajosos, exaustos pelos quilômetros em estradas arriscadas, descontentes com as pausas apressadas e a restauração sumária, esmagados de calor no carro abarrotado que, lentamente, avançava afinal pelos cais, vivíamos ainda por alguns instantes no universo da viagem, mas já pressentíamos o que seria o deslumbramento de termos chegado.

Tânger. Talvez a cidade mais forte do mundo. Forte por seu porto, por seu estatuto de cidade de transição, cidade de embarque e desembarque, a meio caminho entre Madri e Casablanca, e forte por não ser, tal como Algeciras do outro lado do estreito, uma cidade portuária. Consistente, de imediato ela mesma e nela mesma apesar da abertura dos cais abertos para outros horizontes, animada por uma vida autossuficiente, enclave de sensações na encruzilhada dos caminhos, Tânger nos tragava vigorosamente no primeiro minuto. Nosso périplo se concluía.

E, embora nosso destino fosse Rabat, cidade natal da família de minha mãe, onde, desde o retorno para a França, passávamos todos os verões, já em Tânger sentíamos que tínhamos chegado. Estacionávamos o carro defronte do hotel Bristol, modesto mas limpo, numa rua escarpada que levava à medina. Um banho de chuveiro e, depois, íamos a pé para o palco de um suculento espetáculo.

Era na entrada da medina. Como uma farândola, sob as arcadas da praça, alguns pequenos restaurantes acolhiam os passantes. Entrávamos no "nosso", subíamos para o primeiro andar, onde uma grande mesa coletiva vampirizava a estreita sala de paredes pintadas de azul que dava para a rotunda da praça e nos sentávamos, com o estômago apertado e excitado prevendo o cardápio imutavelmente fixo que esperava nossa boa vontade. Um ventilador, lamentável mas consciencioso, mais dava à sala o encanto dos espaços ventilados do que nos refrescava; o garçom solícito punha sobre a fórmica um pouco pegajosa copos e uma garrafa de água gelada. Minha mãe fazia os pedidos num árabe perfeito. Apenas cinco minutos e os pratos chegavam à mesa.

Talvez não encontre o que procuro. Terei ao menos tido a ocasião de rememorar: a carne grelhada, a salada *mechouia*, o chá de hortelã e o *corne de gazelle*. Eu era Ali Babá. A caverna dos tesouros era isso, esse ritmo perfeito, essa harmonia furta-cor entre unidades deliciosas mas cuja sucessão estrita e ritual confinava ao sublime. As almôndegas, grelhadas no respeito de sua firmeza e que, no entanto, não guardavam de sua passagem pelo fogo nenhum traço de secura, enchiam minha boca de carnívoro profissional com uma onda quente, condimentada, suculenta e compacta de prazer mastigatório. Os pimentões adocicados, untuosos e frescos enterneciam minhas papilas subjugadas pelo rigor viril da carne e as preparavam de novo para esse poderoso assalto. Havia de tudo em abundância. Às vezes bebíamos aos golinhos aquela água gasosa que também encontramos na Espanha mas da qual na França não existe um verdadeiro equivalente: uma água picante, insolente e revigorante, sem insipidez nem borbulhas em excesso. Quando, enfim, empanturrados e um pouco prostrados, empurrávamos os pratos para a frente e procurávamos no banco um encosto inexistente para repousar, o garçom trazia o chá, servia-o segundo o ritual consagrado e, muito furtivamente, punha na mesa limpa um prato de *cornes de gazelle*. Mais ninguém tinha fome, mas, justamente, isso é que é bom na hora dos doces: só são apreciados em toda a sua sutileza quando não comemos para matar a fome e quando essa orgia de doçura não satisfaz a uma necessidade primária, mas cobre nosso palato com a benevolência do mundo.

Se minha busca deve hoje me conduzir a algum lugar, certamente esse não será muito longe daquele contraste: do contraste inacreditável, quintessência da civilização, entre a aspereza de uma carne simples e poderosa e a ternura cúmplice de uma guloseima supérflua. Toda a história da humanidade, da tribo dos predadores sensíveis que somos, está resumida naquelas refeições em Tânger e explica, em troca, seu extraordinário poder de júbilo.

Nunca mais voltarei a essa bela cidade marítima, esta onde chegamos ao porto, ao refúgio por tanto tempo esperado nos horrores da tempestade — nunca mais. Mas que importa? É nesses caminhos transversos, onde testamos a natureza de nossa condição de homens, longe do prestígio dos festins luxuosos de minha carreira de crítico, que devo agora procurar o instrumento de minha libertação.

(Georges)
Rue de Provence

A primeira vez foi no Marquet. É preciso ter visto aquilo, é preciso ter visto ao menos uma vez na vida aquela grande fera tomando posse da sala, aquela majestade leonina, aquele meneio de cabeça real para saudar o maître, como um frequentador assíduo, como um hóspede de prestígio, como o proprietário. Ele fica em pé, quase no meio da sala, conversa com Marquet, que acaba de sair de sua cozinha, de sua toca, põe a mão em seu ombro enquanto se encaminham para a mesa dele. Tem gente em volta, todos falam alto, esplêndidos de arrogância e de graça misturadas, mas se percebe muito bem que o espreitam às escondidas, que brilham em sua sombra, que estão suspensos à sua voz. É o Mestre e, cercado dos astros de sua corte, ele dispõe enquanto os outros tagarelam.

Foi preciso que o maître lhe dissesse ao ouvido: "Hoje temos aqui um de seus jovens colegas, senhor". Ele se virou para mim, me escrutou por um curto instante em que me senti radiografado até em minhas mais íntimas mediocridades, e se desviou. Quase de imediato, convidaram-me para ir à sua mesa.

Era uma *masterclass*, um desses dias em que, endossando o hábito do guia espiritual, ele convidava para almoçar a fina flor da jovem crítica gastronômica europeia e, como pontífice reconvertido à pregação, do alto de sua cátedra ensinava o ofício a alguns sectários estarrecidos. O Papa pontificando no meio de seus cardeais: havia algo de missa muito solene naquele concílio gastronômico em que ele reinava sozinho sobre uma elite recolhida. A regra era simples. Comia-se, comentava-se à vontade, ele escutava, a sentença caía. Eu ficava paralisado. Assim como o rapaz ambicioso mas tímido que é apresentado ao Padrinho, assim como o provinciano em sua primeira noite parisiense, assim como o admirador perdidamente apaixonado que cruza o caminho da Diva, o pequeno sapateiro que encontra o olhar da Princesa, o jovem autor no primeiro dia em que entra no templo da edição — assim como eles, eu estava petrificado. Ali estava Cristo, e naquela Ceia eu era Judas, não decerto por querer trair, mas por ser um impostor, perdido no Olimpo, convidado por engano e cuja sensaboria mesquinha ia, de uma hora para outra, se revelar à luz do dia. Portanto, calei durante toda a refeição e ele não me solicitou, reservando o chicote ou o afago de seus decretos ao rebanho dos assíduos. Na hora da sobremesa, porém, me interpelou silenciosamente. Todos glosavam sem sucesso em torno de uma bola de *sorbet* de laranja.

Sem sucesso: todos os critérios são subjetivos. O que, de acordo com o sentido comum, parece mágico e magistral, se quebra pateticamente ao pé das falésias do gênio. A conversa deles era ensurdecedora; a arte das palavras suplantava a da degustação. Todos prometiam, pela maestria e pela precisão dos comentários, pela virtuosidade das tiradas firmes, que transpassavam o sorvete com raios de sintaxe e fulgurações poéticas, tornar-se um dia aqueles mestres do verbo culinário que a aura do colega mais velho mantinha à sombra apenas provisoriamente. Mas a bola alaranjada e desigual, com flancos quase granulosos, continuava a se liquefazer no prato, levando nessa avalanche silenciosa um pouco de sua reprovação. Nada lhe agradava.

Irritado, à beira do péssimo humor, quase do desdém de si por se deixar assim enganar em tão triste companhia... seus olhos tenebrosos me agarram, me convidam... pigarreio, apavorado e rubro de constrangimento, porque aquele sorvete me inspira muitas coisas, mas não decerto as que podem ser ditas ali, naquele concerto e naqueles fraseados de alto nível, no seio daquela plateia de estrategistas gourmands, diante daquele gênio vivo com sua pluma imortal e suas pupilas de brasa. E, no entanto, agora é preciso, é preciso dizer alguma coisa, e logo, logo, porque toda a sua pessoa transpira impaciência e irritação. Pigarreio, portanto, mais uma vez, umedeço os lábios e me lanço.

"Isso me lembra os sorvetes que minha avó fazia..."

No rosto enfatuado do rapaz diante de mim, o esboço de um sorriso zombeteiro, um leve inchaço das bochechas também, prefiguração da gargalhada assassina, do enterro de primeira classe: oi, até logo, cavalheiro, o senhor veio mas não volte, bem, boa noite.

Mas ele me sorri com um calor insuspeito, com um grande sorriso aberto, sorriso de lobo, mas de lobo para lobo, na cumplicidade da matilha, amistoso, relaxado, algo como um: bom dia, amigo, que bom nos encontrarmos. E me diz: "Mas então me fale de sua avó".

É um convite, mas também uma ameaça velada. Sobre esse pedido aparentemente simpático pesam a necessidade de que seja por mim concretizado e o perigo de que, depois dessa tão bela introdução ao assunto, eu o decepcione. Minha resposta o surpreendeu agradavelmente, diferencia-se das demonstrações de bravura dos solistas virtuoses, isso o satisfaz. Por ora.

"A cozinha de minha avó...", digo, e busco as palavras com desespero, à cata da fórmula decisiva que justificará tanto minha resposta como minha arte — meu talento.

Mas, inesperadamente, ele vem em meu auxílio.

"Você acredita (sorri quase com afeto) que eu também tinha uma avó cuja cozinha era para mim um antro mágico? Creio que toda a minha carreira tem sua fonte nos caldos e cheiros que dali saíam, e que, em criança, me deixavam louco de desejo. Louco de desejo, literalmente. Não se tem muita ideia do que é o desejo, o verdadeiro desejo, quando nos hipnotiza, se apodera de nossa alma, a seduz por todos os lados, de tal forma que você parece um demente, um possesso, disposto a tudo por uma pequena migalha, por uma nuvem daquilo que ali se prepara, sob suas narinas subjugadas pelo perfume do diabo! E além disso minha avó transbordava de energia, de bom humor devastador, de uma força de vida prodigiosa que aureolava toda a sua cozinha com uma vitalidade deslumbrante, e minha sensação era estar no centro de uma matéria em fusão, ela resplandecia e me envolvia com esse esplendor quente e perfumado!"

"Minha impressão era mais a de penetrar no templo", digo aliviado, agora em posse do nervo de minha intuição, e portanto de minha argumentação (dou um longo suspiro silencioso e interior). "Minha avó não era, longe disso, tão alegre e esplendorosa. Encarnava uma figura de dignidade austera e submissa, protestante até a raiz dos cabelos e só cozinhando com calma e minúcia, sem paixão nem tremores, usando sopeiras e pratos de porcelana branca que chegavam a uma mesa de convivas calados, que comiam sem pressa nem emoção visível os pratos que eram de explodir de alegria e prazer."

"É curioso", ele me diz, "foi ao bom humor e à sensualidade meridionais de minha avó que sempre atribuí o sucesso e a magia dessa culinária em que eu identificava um lado bonachão e gostoso. Às vezes pensei até mesmo que eram suas tolices, sua pouca educação e cultura que faziam dela uma cozinheira consumada, liberando para a carne toda a energia que não alimentava o espírito."

"Não", digo depois de um curto instante de reflexão, "o que fazia a arte delas não era o temperamento nem a força de vida, tampouco a simplicidade de espírito, o amor pelo trabalho benfeito ou a austeridade. Creio que tinham consciência, sem sequer expressá-la, de realizar uma tarefa nobre em que podiam se destacar, e que só na aparência era subalterna, material ou parcamente utilitária. Sabiam muito bem, além de todas as humilhações sofridas, não pessoalmente mas em razão de sua condição de mulheres, que, quando os homens voltavam para casa e sentavam, o reino delas podia começar. E não se tratava do controle da 'economia doméstica', em que, soberanas por sua vez, teriam se vingado do poder que os homens tinham 'fora de casa'. Muito mais que isso, sabiam que realizavam proezas que falavam direto ao coração e ao corpo dos homens e que aos olhos deles lhes conferiam mais grandeza do que elas mesmas atribuíam às intrigas do poder e do dinheiro ou aos argumentos de força social. Prendiam seus homens não pelos cordões da administração doméstica, pelos filhos, pela respeitabilidade ou mesmo pela cama — mas pelas papilas, e isso com tanta certeza como se os tivessem posto na gaiola para a qual eles próprios teriam se precipitado."

Ouve-me com imensa atenção, e aprendo a conhecer nele essa qualidade, rara nos homens de poder, que permite discernir quando termina o aparato, a conversa em que cada um apenas delimita seu território e manifesta os sinais de sua força, e quando começa o verdadeiro diálogo. Em compensação, ao redor de nós tudo se decompõe. O jovem presunçoso, ainda há pouco tão disposto a querer me arrasar com suas zombarias, agora está com a pele cor de cera e os olhos aparvalhados. Os outros ficam quietos, na beira do abismo da desolação. Prossigo.

"Que sentiam esses homens imbuídos de si mesmos, esses 'chefes' de família, educados desde a aurora, numa sociedade patriarcal, para se tornarem os donos, quando levavam à boca a primeira garfada dos pratos mais simples e extraordinários que suas mulheres haviam preparado em seus laboratórios particulares? Que sente um homem cuja língua até então saturada de temperos, molho, carne, creme, sal, se refresca de súbito em contato com uma longa avalanche de sorvete e de fruta, só um pouco rústica, só um pouco granulosa, a fim de que o efêmero o seja um pouco menos, retardado pela deliquescência mais lenta dos pedacinhos de gelo frutados que se deslocam suaves... Esses homens sentiam o paraíso, pura e simplesmente, e, embora não pudessem confessar, sabiam que eles mesmos não conseguiam dá-lo assim a suas mulheres, porque com todo o seu império e arrogância não conseguiam deixá-las pasmas assim como elas os faziam gozar na boca!"

Interrompe-me sem brutalidade.

"É muito interessante", diz, "e o estou acompanhando muito bem. Mas assim você explica o talento pela injustiça, o dom de nossas avós por sua condição de oprimidas, ao passo que houve grandes cozinheiros que não sofriam de inferioridade de casta nem de uma vida privada de prestígio ou de poder. Como concilia isso com sua grande teoria?"

"Nenhum cozinheiro cozinha, jamais cozinhou, como nossas avós. Todos os fatores que nós evocamos aqui (e sublinho ligeiramente o 'nós' para significar que nessa hora sou eu que oficio) produziram essa cozinha tão específica, a das mulheres em casa, no espaço de seus interiores particulares: uma culinária a que, às vezes, falta requinte, que sempre comporta esse ladinho 'familiar', isto é, consistente e nutritivo, feita para 'encher barriga' — mas que é, no fundo e acima de tudo, de uma sensualidade tórrida, pela qual compreendemos que, não por acaso, falar de 'carne' evoca tanto os prazeres da boca como os do amor. A cozinha delas eram suas iscas, seus encantos, sua sedução — e é isso que a inspirava e tornava diferente de qualquer outra."

Ele me sorriu de novo. Em seguida, diante dos epígonos desnorteados, arrasados porque não compreendiam, porque não podem compreender que, depois de terem bancado os equilibristas da gastronomia, depois de terem erigido templos à glória da deusa Comilança, são ludibriados por um pobre cão bastardo que leva à goela envergonhada um velho osso roído, todo descarnado, todo amarelo, portanto, diante deles em grande luto, ele me diz: "Para podermos prosseguir tranquilamente esta apaixonante conversa, me daria o prazer de almoçar comigo amanhã, no Lessière?".

Chamei Anna há pouco e compreendi que eu não iria. Não iria mais. Nunca mais. Assim chega ao fim uma epopeia, a de minha aprendizagem, que, como nos romances homônimos, foi de deslumbramentos a ambições, de ambições a desilusões e de desilusões ao cinismo. O jovem que eu era, um pouco tímido, muito sincero, tornou-se um crítico influente, temido, ouvido, saído da melhor escola, chegado ao melhor mundo, mas que, dia após dia e antes da hora, sente-se mais e mais velho, mais e mais cansado, mais e mais inútil: um geronte cacarejante e cheio de fel, repisando um melhor de si que se esboroa inexoravelmente e é augúrio de uma velhice de velho imbecil lúcido e lastimável. É o que ele sente agora? Era isso que infiltrava em filigrana, em suas pálpebras meio cansadas, um toque de tristeza, uma pitada de nostalgia? Estou andando sobre seus passos, fazendo a experiência dos mesmos arrependimentos, dos mesmos erros? Ou apenas está na hora de eu ter pena de minha sorte, longe, tão longe do lustro de suas peregrinações íntimas? Jamais saberei.

O rei morreu. Viva o rei.

O peixe

Rue de Grenelle, o quarto

Todo verão íamos para a Bretanha. Ainda era o tempo em que as aulas só começavam em meados de setembro; meus avós, que haviam enriquecido pouco antes, alugavam no litoral, no fim da temporada, casas grandes onde toda a família se reunia. Era uma época milagrosa. Eu ainda não tinha idade suficiente para apreciar o fato de que aquelas pessoas simples, que deram duro a vida inteira e a quem, tardiamente, o destino sorrira, optassem por gastar com os seus e em vida um dinheiro que outros teriam conservado debaixo do colchão de lã. Mas eu já sabia que nós, os pequenos, éramos paparicados com uma inteligência que ainda me estarrece, eu que só soube estragar meus próprios filhos — estragar no sentido literal do termo. Estraguei-os e os decompus, esses três seres sem sabor saídos das entranhas de minha mulher, presentes que eu lhe dava desatento em troca de sua abnegação de esposa decorativa — terríveis presentes, se penso hoje, pois o que são os filhos senão monstruosas excrescências de nós mesmos, lamentáveis substitutos de nossos desejos não realizados? Para quem, como eu, já tem do que desfrutar na vida, só são dignos de interesse quando afinal se vão e se tornam outra coisa além de nossos filhos ou filhas. Não gosto deles, jamais gostei e não tenho nenhum remorso. Que percam sua energia em me odiar com todas as suas forças não me diz nada — a única paternidade que reivindico é a de minha obra. E mais: esse sabor escondido e inencontrável quase me faz duvidar dela.

Meus avós nos amavam a seu modo: sem reservas. Tinham feito de seus próprios filhos uma penca de neuropatas e degenerados — um filho melancólico, uma filha histérica, outra que se suicidou, e meu pai, que evitara a loucura graças a ter abdicado de qualquer fantasia e encontrado uma esposa à sua imagem: a proteção de meus pais eram as aplicadas tibieza e mediocridade, que os resguardavam do excesso, ou seja, do abismo. Mas, único raio de sol na existência de minha mãe, eu era seu deus e deus permaneci, nada guardando de sua triste figura, de sua cozinha sem vida e de sua voz meio queixosa, mas conservando tudo de seu amor que me dotava da certeza dos reis. Ter sido adulado pela própria mãe... Graças a ela conquistei impérios, enfrentei a vida com essa brutalidade irresistível que me abriu as portas da glória. Criança feliz, pude me tornar um homem impiedoso, graças ao amor de uma megera cuja falta de ambição era, afinal, a única coisa que a resignava à doçura.

Com os netos, em compensação, meus avós eram as criaturas mais encantadoras. O talento bonachão e malicioso no mais profundo dessas criaturas, amarrado por seu fardo de pais, desabrochava em sua licença de avós. O verão transpirava liberdade. Tudo parecia possível naquele universo de explorações, de excursões alegres e falsamente secretas, quando caía a noite, aos rochedos da praia; naquela generosidade incrível que convidava para nossa mesa todos os vizinhos casuais daqueles dias estivais. Minha avó oficiava na cozinha com uma altiva tranquilidade. Pesava mais de cem quilos, tinha bigode, ria como um homem e latia atrás de nós, quando nos aventurávamos na cozinha, com uma graça de motorista de caminhão. Mas, sob o efeito de suas mãos experientes, as substâncias mais inofensivas se tornavam milagres da fé. O vinho branco corria a rodo, e comíamos, comíamos, comíamos. Ouriços-do-mar, ostras, mexilhões, camarões grelhados, crustáceos com maionese, lulas ao molho mas também ("Nós somos assim") estufadas, blanquettes, paellas, aves assadas, ensopadas, com creme; uma abundância.

Uma vez por mês, no café da manhã, meu avô fazia uma cara severa e solene, levantava-se sem uma palavra e partia sozinho para a venda de peixe por atacado. Sabíamos então que era O DIA. Minha avó erguia os olhos para o céu, resmungava que "aquilo ainda ia feder durante séculos" e murmurava alguma coisa desagradável sobre as qualidades culinárias do marido. Eu, comovido até as lágrimas com a perspectiva do que ia se seguir, por mais que soubesse que ela estava brincando ficava com raiva dela, fugazmente, por não curvar a cabeça com humildade naquele momento sagrado. Uma hora depois meu avô voltava do porto com uma caixa enorme que cheirava a maré. Despachava-nos para a praia, nós, os "fedelhos", e partíamos trêmulos de excitação, já estando de volta no pensamento, mas dóceis e atentos em não contrariá-lo. Quando à uma da tarde retornávamos dos banhos que tomávamos distraídos, na expectativa do almoço, já na esquina da rua sentíamos o cheiro celeste. Eu soluçaria de felicidade.

As sardinhas grelhadas impregnavam de seu perfume oceânico e cendrado todo o quarteirão. Uma fumaça espessa e cinza escapava das tuias que cercavam o jardim. Os homens das casas vizinhas iam dar uma mãozinha ao vovô. Sobre imensas grelhas, os peixinhos prateados já estalavam ao vento do meio-dia. Ríamos, falávamos, abríamos garrafas de vinho branco seco bem gelado, os homens sentavam enfim e as mulheres saíam da cozinha com as pilhas de pratos imaculados. Habilmente, minha avó pegava um corpinho rechonchudo, farejando seu perfume, e o jogava no prato, em companhia de alguns outros. Com seus bons olhos idiotas ela me olhava, gentil, e dizia: "Tome, ei, pequeno, a primeira é sua! Virgem, como ele gosta disso, puxa!". E todo mundo caía na risada, batiam nas minhas costas enquanto o prodigioso pitéu aterrissava diante de mim. Eu não ouvia mais nada. Com os olhos saltados, encarava o objeto de meu desejo; a pele cinza e empolada, sulcada por longos rastros pretos, já não aderia aos flancos que cobria. Minha faca fazia uma incisão nas costas do bicho e dividia com cuidado a carne esbranquiçada, cozida no ponto, que se separava em lâminas bem firmes, sem um toque de resistência.

Na carne do peixe grelhado, da mais humilde cavala ao mais requintado salmão, há alguma coisa que escapa à cultura. Foi assim que os homens, aprendendo a cozinhar o peixe, devem ter sentido pela primeira vez sua humanidade, nessa matéria cuja pureza e selvageria essenciais eram reveladas conjuntamente pelo fogo. Dizer dessa carne que ela é fina, que seu gosto é sutil e expansivo ao mesmo tempo, que excita as gengivas, a meio caminho entre a força e a maciez, dizer que o leve amargor da pele grelhada, juntamente com a extrema untuosidade dos tecidos compactos, solidários e poderosos que enchem a boca de um sabor de outras plagas, faz da sardinha grelhada uma apoteose culinária é, no máximo, evocar a virtude dormitiva do ópio. Pois o que está em jogo ali não é fineza nem maciez, nem força, nem untuosidade, mas selvageria. É preciso ser uma alma forte para enfrentar esse gosto, que esconde bem dentro de si, da maneira mais exata, a brutalidade primitiva em contato da qual nossa humanidade se forja. É preciso ser uma alma pura, também, que sabe mastigar vigorosamente, excluindo qualquer outro alimento; eu desprezava as batatas e a manteiga com sal que minha avó punha ao lado de meu prato, e devorava sem trégua os pedaços de peixe.

A carne é viril, poderosa, o peixe é estranho e cruel. Vem de outro mundo, o de um mar secreto que jamais se entregará, demonstra a absoluta relatividade de nossa existência e, no entanto, dá-se a nós no desvendamento efêmero de uma região desconhecida. Quando eu saboreava aquelas sardinhas grelhadas, como um autista a quem nada, naquela hora, conseguia perturbar, sabia que me tornava humano por esse extraordinário confronto com uma sensação vinda de outros lugares e que me ensinava, por contraste, minha qualidade de homem. Mar infinito, cruel, primitivo, requintado, apanhamos com nossas bocas ávidas os produtos de tua misteriosa atividade! A sardinha grelhada nimbava meu palato com seu perfume direto e exótico, e eu crescia a cada bocado, elevava-me a cada carícia que em minha língua faziam as cinzas marítimas da pele rachada.

Mas ainda não é isso que estou procurando. Fiz aflorar em minha memória sensações esquecidas, enterradas sob a magnificência de meus banquetes de rei, reatei com os primeiros passos de minha vocação, exumei os eflúvios de minha alma de criança. E não é isso. O tempo que urge, agora, desenha os contornos incertos mas aterradores de meu fracasso final. Não quero desistir. Faço um esforço descomunal para lembrar. E se no fim das contas o que me desafia assim não fosse nem mesmo saboroso? Tal como a abominável madeleine de Proust, essa esquisitice da pâtisserie, espalhada, numa tarde sinistra e desanimada, em detritos esponjosos dentro — ofensa suprema — de uma colher de tisana, minha lembrança talvez só esteja, afinal, associada a um prato medíocre do qual apenas a emoção a ele ligada seria preciosa e me revelaria um dom de viver até então incompreendido.

(Jean)
Café des Amis, XVIII^{è} *arrondissement*

Velha baleia purulenta. Nojento, podre. Morra, mas morra logo. Morra nos seus lençóis de seda, no seu quarto de paxá, na sua gaiola de burguês, morra, morra, morra. Pelo menos eles vão ficar com a sua grana, já que não tiveram a sua simpatia. Toda a sua grana de papa da comilança, que não serve mais para nada, que irá para os outros, seu dinheiro de proprietário, o dinheiro da sua corrupção, das suas atividades de parasita, toda essa comilança, todo esse luxo, ah, que desperdício... Morra... Todos eles estão se aboletando ao seu redor — mamãe, mamãe deveria, porém, deixá-lo morrer sozinho, abandoná-lo como você a abandonou, mas não faz isso, fica ali, inconsolável, até parece que ela está perdendo tudo. Jamais entenderei isso, essa cegueira, essa resignação, e essa faculdade que ela tem de se convencer que teve a vida que desejava, essa vocação para santa mártir, ai, que merda, sinto nojo, mamãe, mamãe... E depois tem esse veado do Paul, com seus ares de filho pródigo, suas tartufarias de herdeiro espiritual, que deve rastejar em volta da cama, quer uma almofada, meu tio, quer que eu leia umas páginas de Proust, de Dante, de Tolstoi? Não consigo engolir esse sujeito, um tremendo crápula, um bom burguês com seus ares de figurão importante e que transa com as putas da Rue Saint-Denis, eu o vi, sim, o vi saindo de um prédio por lá... Ah, e depois, qual é o sentido, hein, qual é o sentido de remexer em tudo isso, de remexer em meu azedume de patinho feio e lhe dar razão: meus filhos são uns imbecis, ele dizia isso, com toda a tranquilidade, na nossa presença, todo mundo ficava constrangido, menos ele, que nem sequer via o que isso tinha de *chocante*, não só dizer isso, mas pensar! Meus filhos são uns imbecis, mas sobretudo meu filho. Nunca será nada. Será, sim, pai, você fez alguma coisa de seus filhotes, eles nada mais são que sua obra, você os picou miudinho, cortou, afogou num molho azedo e eis o que se tornaram: uma lama, uns fracassados, uns fracos, uns coitados. E no entanto! No entanto, você poderia ter feito de seus filhos uns deuses! Lembro como eu me sentia orgulhoso quando saía com você, quando você me levava ao mercado, ao restaurante; eu era bem pequeno, e você era tão grande, com sua mão grande e quente que me segurava com firmeza, e seu perfil, em contracampo, esse perfil de imperador, e essa crina de leão! Tinha um jeito altivo, e eu me sentia feliz, feliz de ter um pai como você... E eis-me aos soluços, a voz alquebrada, o coração partido, destruído; odeio-o, te amo e me odeio a ponto de gritar por essa ambivalência, essa ambivalência filha da puta que ferrou minha vida, porque continuei a ser seu filho, porque nunca fui outra coisa além do filho de um monstro!

O calvário não é deixar aqueles que nos amam, é se separar daqueles que não nos amam. E minha triste vida se passa a desejar ardentemente o seu amor recusado, esse amor ausente, ó bondade divina, será que não tenho nada melhor para fazer senão chorar sobre minha triste sina de pobre menininho mal-amado? Mas tem coisa mais importante, breve também vou morrer, e todo mundo está pouco ligando, e eu mesmo também estou pouco ligando, pouco ligando porque, neste momento, ele está morrendo e porque eu gosto desse patife, gosto, ai, que merda...

A horta

Rue de Grenelle, o quarto

A casa de minha tia Marthe, um velho casebre engolido pela hera, tinha, por causa de sua fachada com uma janela condenada, um arzinho zarolho que combinava à perfeição com o local e a ocupante. Tia Marthe, irmã mais velha de minha mãe e a única a não ter herdado um apelido, era uma velha solteirona rabugenta, feia e fedorenta que vivia entre o galinheiro e as gaiolas de coelhos, em meio a uma pestilência inacreditável. Dentro da casa, como era de esperar, nem água, nem eletricidade, nem telefone, nem televisão. Mas sobretudo, além dessa falta de conforto moderno ao qual meu amor pelos passeios no campo me deixava indiferente, sofríamos na casa dela por nos confrontarmos com uma praga muito mais preocupante: não havia nada que não fosse pegajoso, que não se grudasse nos dedos que queriam pegar um utensílio, no cotovelo que batia desastrado num móvel; até mesmo os olhos viam, literalmente, a película viscosa cobrindo todas as coisas. Nunca almoçávamos ou jantávamos com ela, e, felicíssimos de poder dar a desculpa de um piquenique imperativo ("Com um tempo tão bonito, seria um crime não almoçar na beira do Golotte"), partíamos para longe com o coração aliviado.

O campo. Toda a minha vida terei vivido na cidade, me inebriado com os mármores que revestem o hall de meu domicílio, com o tapete vermelho que abafa os passos e os sentimentos, com os vidros de Delft que ornamentam o vão da escada e as boiseries luxuosas que cobrem com discrição esta salinha preciosa chamada elevador. Todo dia, toda semana, voltando de minhas refeições na província, eu me reintegrava no asfalto, no verniz distinto de minha residência burguesa, trancava minha sede de verde entre quatro paredes esmagadas de obras-primas e esquecia cada vez mais que nasci para as árvores. O campo... Minha catedral verde... Ali meu coração terá cantado seus cânticos mais fervorosos, ali meus olhos terão aprendido os segredos do olhar, meu gosto, os sabores da caça e da horta, e meu nariz, a elegância dos perfumes. Pois, apesar de seu antro nauseabundo, tia Marthe possuía um tesouro. Encontrei os maiores especialistas de tudo o que se refere, de perto ou de longe, ao mundo do sabor. Quem é cozinheiro só pode sê-lo plenamente pela mobilização dos cinco sentidos. Um prato deve ser um regalo para o olhar, para o olfato, para o paladar, claro — mas também para o tato, que orienta a escolha do chef em tantas ocasiões e tem seu papel na festa gastronômica. É verdade que a audição parece meio afastada da valsa; mas não se come em silêncio, tampouco na barulheira, todo som que interfere na degustação participa dela ou a contraria, de tal modo que a refeição é, decididamente, cinestésica. Assim, várias vezes fui levado a festejar com certos especialistas em cheiro, aliciados pelos aromas que escapavam das cozinhas depois de o terem sido por aqueles que emigram das flores.

Nenhum, jamais, igualará em fineza o nariz de tia Marthe. Pois a velha pileca tinha um Nariz, um de verdade, um grande, um imenso Nariz que se ignorava mas cuja incrível sensibilidade não faria feio, se tivesse se apresentado, diante de nenhuma concorrência. Assim, essa mulher rude, quase analfabeta, esse rebotalho de humanidade que dardejava ao seu redor relentos de podridão, desenhara um jardim de eflúvios digno do paraíso. Num engenhoso emaranhado de flores silvestres, de madressilva, de rosas antigas de um colorido desbotado sabiamente mantido, uma horta salpicada de peônias deslumbrantes e de sálvia azul se orgulhava de ter as mais belas alfaces da região. Cascatas de petúnias, bosques de lavanda, alguns buxos inalteráveis, uma glicínia ancestral no frontão da casa: dessa baralhada orquestrada se destacava o melhor dela mesma, que nem a sujeira, nem as exalações fétidas, nem a sordidez de uma vida dedicada à vacuidade conseguiam sepultar. Quantas velhas no campo são assim dotadas de uma intuição sensorial fora do comum, que elas põem a serviço da jardinagem, das poções de ervas ou de ensopados de coelho ao tomilho e, gênios desconhecidos, morrem enquanto o dom que possuem terá sido ignorado por todos — pois na maioria das vezes não sabemos que aquilo que nos parece tão insignificante e irrisório, um jardim caótico em pleno campo, pode expressar a mais bela obra de arte. Nesse sonho de flores e legumes, eu esmagava sob meus pés amarronzados o mato seco e denso do jardim e me inebriava com os perfumes.

E, em primeiro lugar, com o das folhas de gerânio que eu, deitado de bruços no meio dos tomates e das ervilhas, amassava entre os dedos assombrando-me de prazer: uma folha de leve acidez, suficientemente pontuda em sua insolência avinagrada mas não o bastante para não evocar, ao mesmo tempo, o limão conservado em vinagre, de delicado azedume, com um toque do cheiro amargo das folhas de tomate, das quais elas conservam ao mesmo tempo a impudência e o sabor de fruta; é isso que exalam as folhas de gerânio, com isso é que eu me embriagava, o ventre na terra da horta e a cabeça nas flores em que enfiava o nariz com a concupiscência dos famintos. Ó magníficas lembranças de um tempo em que eu era o soberano de um reino sem artifícios... Em batalhões, legiões vermelhas, brancas, amarelas ou rosa, refazendo-se todos os anos com novos recrutas até tornar-se exército de fileiras solidárias, os cravos se erguiam altivos nos quatro cantos do quintal e, por um milagre inexplicado, não vergavam sob o peso de seus caules compridos demais, mas dominavam o jardim, orgulhosamente, com aquela curiosa corola cinzelada, esdrúxula na configuração apertada e enrugada, e que espalhava ao redor uma fragrância empoada, dessas que espalham as beldades que à noite vão ao baile...

Sobretudo, havia a tília. Imensa e devoradora, ameaçava ano após ano submergir a casa com suas ramagens tentaculares que minha tia se recusava obstinadamente a mandar podar, e discutir o assunto estava fora de questão. Nas horas mais quentes do verão, sua sombra inoportuna oferecia o mais perfumado dos caramanchões. Eu sentava no banquinho de madeira bichada, encostado no tronco, e aspirava em grandes goles ávidos o odor de mel puro e aveludado que escapava de suas flores de um dourado pálido. Um pé de tília que embalsama o ar no fim do dia é um júbilo que se imprime em nós de modo indelével e, no fundo de nossa alegria de existir, traça um sulco de felicidade que a doçura de uma noite de julho não seria capaz de explicar por si só. Ao aspirar a plenos pulmões, em minha lembrança, um perfume que já havia tempo não aflorava em minhas narinas, compreendi enfim o que criava seu aroma; é a convivência do mel com o cheiro tão particular das folhas de árvores, quando faz calor por muito tempo e elas estão impregnadas da poeira dos belos dias, que provoca esse sentimento, absurdo mas sublime, de que bebemos no ar um concentrado de verão. Ah, os belos dias! O corpo livre dos entraves do inverno sente enfim a carícia da brisa em sua pele nua, oferecida ao mundo para o qual ela se abre exageradamente no êxtase da liberdade reencontrada... No ar imóvel, saturado do zumbido de insetos invisíveis, o tempo parou... Os choupos ao longo dos caminhos na beira do rio cantam nos alíseos uma melodia de sussurros verdejantes, entre luz e sombra furta-cor... Uma catedral, sim, uma catedral de vegetação salpicada de sol me cerca com sua beleza imediata e clara... Nem o jasmim nas ruas de Rabat, ao cair a noite, terá alcançado tamanha força de evocação... Remonto ao fio de um sabor ligado à tília... Embalo langoroso dos ramos, uma abelha colhe o pólen na fronteira de minha visão... Eu me lembro...

Ela o colhera, ele entre todos os outros, sem um instante de hesitação. Aprendi desde então que é isso a excelência, essa impressão de desembaraço e de evidência ali onde sabemos, porém, que são necessários séculos de experiência, uma vontade de aço e uma disciplina de monge. De onde tia Marthe tirava toda essa ciência, uma ciência feita de hidrometria, de irradiação solar, de maturação biológica, de fotossíntese, de orientações geodésicas e de vários outros fatores que minha ignorância não se arriscará a enumerar? Pois o que o homem ordinário conhece por experiência e reflexão ela sabia por instinto. Seu discernimento agudo varria a área da horta e ali calculava a medida climática, num microssegundo imperceptível à apreensão corrente do tempo — e ela sabia. Sabia também, seguramente, e com a mesma indolência com que eu teria dito: o dia está lindo, sabia qual daquelas pequenas cúpulas vermelhas devia colher *agora*. Em sua mão suja e deformada pelo trabalho no campo, a cúpula repousava, encarnada em sua veste de seda esticada e apenas ondulada por alguns côncavos mais macios; o bom humor era comunicativo, o de uma dama um tanto rechonchuda apertada em seu vestido de festa mas que compensava essa contrariedade por umas gordurinhas desarmantes que dava uma vontade irresistível de morder com todos os dentes. Aboletado no banco, sob o pé de tília, eu acordava de uma sesta voluptuosa, embalado pelo canto das folhas e, sob esse anteparo de mel açucarado, mordia o fruto, mordia o tomate.

Na salada, no forno, na *ratatouille*, como geleia, grelhados, recheados, em conserva, cerejas, gordos e moles, verdes e ácidos, honrados com azeite, sal grosso, vinho, açúcar, pimenta, amassados, descascados, num molho, numa compota, peneirados, e até no sorvete: eu acreditava ter explorado todas as suas modalidades e, em mais de uma ocasião, ter penetrado no segredo deles, ao sabor de crônicas inspiradas pelos cardápios dos maiores. Que idiota, que tristeza... Inventei mistérios ali onde não os havia e para justificar um comércio um tanto lamentável. O que é escrever, mesmo que sejam crônicas suntuosas, se elas não dizem nada sobre a verdade, pouco preocupadas com o coração, enfeudadas que estão ao prazer de brilhar? O tomate, porém, eu o conhecia desde sempre, desde a horta de tia Marthe, desde o verão que enche a pequena excrescência mirrada de um sol cada vez mais ardente, desde o rasgo que nele faziam meus dentes para aspergir minha língua com um suco generoso, morno e rico que o frescor dos refrigeradores, a afronta dos vinagres e a falsa nobreza do óleo mascaram em sua generosidade essencial. Açúcar, água, fruta, polpa, líquido ou sólido? O tomate cru, devorado no jardim logo que é colhido, é a cornucópia das sensações simples, uma cascata que pulula na boca e ali reúne todos os prazeres. A resistência da pele tensa, só um pouco, só o suficiente, a maciez dos tecidos, desse licor cheio de sementes que escorre pelo canto dos lábios e que enxugamos sem medo de sujar os dedos, essa pequena bola carnuda que despeja em nós torrentes de natureza: eis o tomate, eis a aventura.

* * *

Sob a tília centenária, entre perfumes e papilas, eu mastigava as beldades púrpuras escolhidas por tia Marthe com a sensação confusa de roçar numa verdade capital. Uma verdade capital mas que ainda não é a que persigo às portas da morte. Está escrito que esta manhã beberei até a borra o desespero de me extraviar por lugares diferentes daquele para onde me chama o coração. O tomate cru, ainda não é isso... e eis que surge outro alimento cru.

(Violette)

Rue de Grenelle, a cozinha

Pobre patroa. Vê-la assim, uma verdadeira alma penada, ela nem sequer sabe o que fazer. É verdade que ele está tão mal... Não o reconheci! Como é possível mudar assim num dia, a gente nem tem ideia. Violette, me disse a patroa, ele quer um prato, compreende, quer um prato mas não sabe qual. Não entendi logo. Ele quer um prato, senhora, ou não quer? Ele está procurando, procurando o que lhe daria prazer, ela me respondeu, mas não encontra. E torcia as mãos, ninguém tem ideia de se torturar assim por um prato quando vai morrer, se eu tivesse de morrer amanhã é evidente que não me preocuparia em comer!

Eu, aqui, faço de tudo. Bem, quase. Quando cheguei, há trinta anos, foi como faxineira. A patroa e o patrão acabavam de se casar, tinham certas posses, acho, mas não tanto assim, pensando bem. O suficiente para pagar uma faxineira três vezes por semana. Foi depois que o dinheiro veio, muito dinheiro, eu via direitinho que aquilo chegava rápido e que eles esperavam que houvesse cada vez mais, porque se mudaram para este grande apartamento, o mesmo que hoje, e a patroa começou a fazer um monte de obras, ela era muito alegre, estava feliz, saltava aos olhos, e era tão bonita! Então, quando a situação do patrão ficou bem estabelecida, contrataram outros empregados e a patroa me manteve como "governanta", mais bem paga, em tempo integral, para "supervisionar" os outros: a faxineira, o mordomo, o jardineiro (há apenas um grande terraço, mas o jardineiro sempre encontra o que fazer, na verdade é meu marido, portanto sempre haverá trabalho para ele). Mas cuidado: não se deve pensar que isso não é trabalho, eu corro o dia inteiro, tenho listas para fazer, ordens para dar e, sem querer me fazer de importante, se eu não estivesse aqui, francamente, nada funcionaria direito nesta casa.

Gosto do patrão. Sei que ele tem suas culpas, a começar por ter feito essa pobre patroa tão infeliz, não só hoje mas desde o início, vivia indo embora, voltava sem pedir notícias, olhava para ela como se ela fosse transparente e lhe oferecia presentes como quem dá uma gorjeta. Sem falar das crianças. Fico pensando se Laura virá. Antes eu achava que, quando ele envelhecesse, tudo se resolveria, ele acabaria por se enternecer, e, além disso, os netos reconciliam pais e filhos, não dá para resistir. Claro, Laura não tem filhos. Mas mesmo assim. Bem que ela poderia vir...

Gosto do patrão por duas razões. Primeiro porque sempre foi bem-educado e gentil comigo, e também com Bernard, meu marido. Mais bem-educado e gentil que a mulher e os filhos. Ele é assim, faz pose afetada para dizer: "Bom dia, Violette, como vai nesta manhã? Seu filho melhorou?", ao passo que há vinte anos não cumprimenta a mulher. O pior é que tem ar sincero, com sua voz boa, grossa e gentil, não é orgulhoso, não, nem um pouco, é sempre muito delicado conosco. E olha para mim, presta atenção no que lhe digo, sorri porque estou sempre de bom humor, sempre fazendo alguma coisa, nunca descanso e sei que escuta minhas respostas porque também me responde quando lhe retribuo a pergunta: "E o senhor, como vai nesta manhã?". "Bem, bem, Violette, mas estou muito atrasado no meu trabalho e a coisa não toma jeito, preciso ir", e me dá uma piscadela antes de desaparecer no corredor. Com a mulher ele não faz isso. Gosta de gente como nós, o patrão, prefere a nós, dá para sentir. Penso que está mais à vontade conosco do que com toda essa gente da alta-roda que ele frequenta: a gente logo vê que fica feliz em agradar-lhes, impressioná-los, empanturrá--los, observá-los enquanto o ouvem, mas não gosta deles; não é o mundo dele.

A segunda razão pela qual gosto do patrão é um pouco difícil de dizer... é porque ele peida na cama! A primeira vez que ouvi, não entendi o que tinha ouvido, por assim dizer... E depois a coisa aconteceu mais uma vez, eram sete da manhã, a coisa vinha do corredor do salãozinho onde o patrão às vezes dormia quando voltava tarde da noite, uma espécie de detonação, uma fífia, mas aí, realmente, alto pra chuchu, eu nunca tinha ouvido nada parecido! E depois entendi, e tive um ataque de riso, e que ataque de riso! Quase fui para o chão, senti dor na barriga, mesmo assim tive a presença de espírito de ir para a cozinha, sentei no banco, pensei que nunca mais recuperaria meu fôlego! Desde esse dia senti simpatia pelo patrão, sim, simpatia, porque meu marido também peida na cama (mas não tão alto). Um homem que peida na cama, minha avó dizia, é um homem que ama a vida. E depois, sei lá: isso o tornou mais próximo...

Sei direitinho o que o patrão quer. Não é um prato, não é comida. É a bela senhora loura que veio aqui há vinte anos, com um ar triste, uma senhora muito meiga, muito elegante, que me perguntou: "O patrão está em casa?". Respondi: "Não, mas a patroa está". Ela levantou uma sobrancelha, vi direitinho que estava surpresa, depois deu meia-volta e nunca mais a vi de novo, mas tenho certeza de que havia alguma coisa entre eles e que se ele não amava a mulher é porque sentia saudade da grande senhora loura com casaco de pele.

O cru

Rue de Grenelle, o quarto

A perfeição é o retorno. Por essa razão é que só as civilizações decadentes são capazes disso: foi no Japão, onde o requinte atingiu cumes inigualados, no centro de uma cultura milenar que deu à humanidade suas mais altas contribuições, que o retorno ao cru, realização última, se tornou possível. Foi no seio da velha Europa, a qual, como eu, não termina de morrer, que pela primeira vez desde a pré-história se comeu carne crua apenas adicionando-lhe algumas ervas aromáticas.

O cru. Como é falso acreditar que ele se resume à devoração bruta de um produto não preparado! Talhar o peixe cru é como talhar a pedra. Para o noviço, o bloco de mármore parece monolítico. Se ele tenta lhe apor sua entalhadeira ao acaso e dá uma pancada, a ferramenta salta de suas mãos, enquanto a pedra inalterável conserva a integridade. Um bom marmorista conhece a matéria. Pressente onde o entalhe, já presente mas esperando que alguém o revele, cederá sob sua investida, milimetricamente, e já adivinhou como se desenhará a figura que só os ignorantes imputam à vontade do escultor. Este, ao contrário, apenas o descobre — pois seu talento não consiste em inventar formas, mas em fazer surgir as que estavam invisíveis.

Os cozinheiros japoneses que conheço só chegaram a mestres na arte do peixe cru depois de longos anos de aprendizagem, quando a cartografia da carne, pouco a pouco, se revela na evidência. Alguns, é verdade, já têm o talento de sentir, sob seus dedos, as linhas de fratura por onde o bicho oferecido pode se transformar nesses sashimis deliciosos que os especialistas conseguem exumar das entranhas sem gosto do peixe. Mas mesmo assim só se tornam artistas depois de terem dominado esse dom inato e aprendido que somente o instinto não basta: também é preciso habilidade para cortar, discernimento para visar o melhor e caráter para recusar o medíocre. Às vezes, o maior de todos, o chef Tsuno, só extraía de um gigantesco salmão um único pedacinho aparentemente irrisório. Nessa matéria, de fato, a prolixidade nada significa, a perfeição tudo ordena. Uma pequena parcela de matéria fresca, sozinha, nua, crua: perfeita.

Conheci-o na época de ouro, quando havia desertado de sua própria cozinha e, atrás do bar, observava os clientes sem mais tocar nos pratos. Ocasionalmente, porém, em homenagem a um convidado ou um momento especiais, retomava seu trabalho — mas só para os sashimis. Nos últimos anos, essas ocasiões já excepcionais se tornaram cada vez mais raras, até constituírem acontecimentos extraordinários.

Na época eu era um jovem crítico cuja carreira ainda estava em suas primícias promissoras, e eu ainda dissimulava uma arrogância que poderia passar por pretensão e que só mais tarde seria reconhecida como a marca de meu gênio. Foi, portanto, com falsa humildade que sentei no bar Oshiri, sozinho, para um jantar que eu pretendia fosse digno. Nunca tinha provado peixe cru na vida e dele esperava um prazer novo. Na verdade, nada em minha carreira de gastrônomo em gestação me preparara para aquilo. Eu só tinha na boca, sem entender seu significado, a palavra *terroir* — mas hoje sei que nossa terra só existe pela mitologia que é nossa infância, e que se inventamos esse mundo de tradições arraigadas na terra e a identidade de uma região é porque queremos solidificar, objetivar esses anos mágicos e para sempre passados que precederam o horror de nos tornarmos adultos. Só o desejo desenfreado de que um mundo desaparecido perdure apesar do tempo que passa pode explicar essa crença na existência de um *terroir* — é toda uma vida que se evadiu, é um agregado de sabores, odores, aromas esparsos que se sedimenta nos ritos ancestrais, nos pratos locais, crisóis de uma memória ilusória que quer fazer ouro com areia, eternidade com o tempo. Não há grande cozinha, muito pelo contrário, sem evolução, sem erosão ou esquecimento. Foi por ser incessantemente recolocada na mesa da elaboração, onde passado e futuro, aqui e alhures, cru e cozido, salgado e doce se misturam, que a cozinha se tornou arte e pode continuar a viver por não estar imobilizada na obsessão dos que não querem morrer.

Portanto, é dizer pouco que, entre cassoulets e paneladas de repolho, eu chegava virgem de qualquer contato — mas não de qualquer preconceito — com a cozinha japonesa ao bar Oshiri, onde trabalhava uma bateria de cozinheiros que escondiam quase atrás de si, ao fundo à direita, um homenzinho sentado numa cadeira. No restaurante livre de toda decoração, na sala espartana e com cadeiras sumárias, reinava um alegre bruaá, típico dos lugares onde os convivas estão satisfeitos com a mesa e o serviço. Nada de surpreendente. Nada de particular. Por que ele fez aquilo? Sabia quem eu era? O nome que eu começava a ter no mundinho da gastronomia teria chegado a seus ouvidos de velho indiferente? Era por ele? Era por mim? O que faz com que um homem maduro, que já se desiludiu de todas as suas emoções, desperte, ainda assim, a chama que vacila dentro de si e, para uma última exibição, queime sua força viva? O que está em jogo no frente a frente daquele que abdica e daquele que conquista, será filiação, será renúncia? Abismos do mistério — nem uma só vez pousou os olhos em mim, só no final: olhos vazios, devastados, que nada significavam.

Quando se levantara de sua cadeira miserável, um silêncio de mármore caíra, de pessoa a pessoa, sobre o restaurante. Primeiro sobre os cozinheiros, petrificados de estupor, e depois, como se uma onda invisível se propagasse depressa pela plateia, sobre os clientes do bar, em seguida sobre os do salão, e até sobre aqueles que acabavam de entrar e, perplexos, contemplavam a cena. Levantara-se sem dizer uma palavra e se dirigira à mesa de trabalho, diante de mim. Aquele que antes eu pensava ser quem dirigia a equipe se inclinou brevemente, com esse gesto impregnado da absoluta deferência tão característica das culturas asiáticas, e recuou devagar, com todos os outros, para o espaço da cozinha, sem no entanto entrar, ficando ali, imóvel, religioso. O chef Tsuno elaborou sua composição na minha frente com gestos suaves e parcimoniosos, com uma economia que cortejava a indigência, mas eu via sob sua palma nascer e desabrochar, em meio ao nacarado e ao furta-cor, brilhos de carne rosa, branca e cinza e, fascinado, assistia ao prodígio.

Foi um deslumbramento. O que transpôs assim a barreira de meus dentes não era matéria nem água, apenas uma substância intermediária que, de uma, guardara a presença, a consistência que resiste ao nada, e da outra tomara de empréstimo a fluidez e o macio milagrosos. O verdadeiro sashimi não se morde, e tampouco derrete na língua. Convida a uma mastigação lenta e flexível, que não tem como fim fazer o alimento mudar de natureza mas somente saborear sua aérea molecieza. Sim, molecieza: nem moleza nem macieza; o sashimi, poeira de veludo nos confins da seda, tem um pouco dos dois e, na extraordinária alquimia de sua essência vaporosa, conserva uma densidade leitosa que as nuvens não possuem. O primeiro bocado rosa que provocara em mim tamanha comoção era salmão, mas ainda tive de encontrar o solho, a vieira e o polvo. O salmão é gordo e açucarado apesar de sua magreza essencial, o polvo é estrito e rigoroso, tenaz em suas ligações secretas que só se rasgam no dente depois de longa resistência. Eu olhava, antes de abocanhá-lo, o curioso pedaço denteado, marmorizado de rosa e malva mas quase preto na ponta de suas excrescências crenuladas, apanhava-o sem jeito com os pauzinhos que mal se aguerriam, recebia-o sobre a língua tomada por tamanha compacidade e estremecia de prazer. Entre os dois, entre o salmão e o polvo, toda a paleta das sensações da boca, mas sempre essa fluidez compacta que põe o céu sobre a língua e inutiliza qualquer licor suplementar, seja água, Kirin ou saquê quente. Quanto à vieira, eclipsa-se desde sua chegada, de tal forma é leve e evanescente, mas muito tempo depois as bochechas se lembram de seu afago profundo; o solho, enfim, que aparece erradamente como o mais rústico de todos, é uma delicadeza com gosto de limão, cuja constituição excepcional se afirma sob o dente com uma plenitude estarrecedora.

É isso o sashimi — um fragmento cósmico ao alcance do coração, infelizmente bem longe dessa fragrância ou desse gosto que fogem de minha sagacidade, se não for de minha desumanidade... Pensei que a evocação dessa aventura sutil, a de um cru a mil léguas da barbárie dos devoradores de animais, exalaria o perfume de autenticidade que inspira minha lembrança, essa lembrança desconhecida que me desespero para agarrar... Crustáceo, de novo, sempre: talvez não seja o certo?

(Chabrot)

Rue de Bourgogne, consultório médico

Três vias possíveis.

Uma via assimptótica: um salário de fome, um jaleco verde, longos plantões de interno, uma carreira provável, a via do poder, a via das honrarias. Senhor Professor de Cardiologia. O hospital público, a dedicação à causa, o amor pela ciência: o estrito necessário de ambição, bom senso e competência. Eu estava maduro para isso.

Uma via mediana: o cotidiano. Muito, muito dinheiro. Uma clientela abastada, repleta de burguesas depressivas, de velhos ricos gastadores, de toxicômanos dourados, de anginas, gripes, tédio longo e insondável. A Montblanc que minha mulher me oferece todo 25 de dezembro desliza sobre a brancura da receita. Levanto a cabeça, dou um sorriso no momento certo, um pouco de reconforto, um pouco de civilidade, muita falsa humanidade, e faturo junto à sra. Derville, mulher do presidente da Ordem dos Advogados, a absolvição de suas angústias de histérica incurável.

Uma via tangente: tratar as almas e não os corpos. Jornalista, escritor, pintor, eminência parda, mandarim das letras, arqueólogo? Qualquer coisa, menos os painéis de lambri de meu consultório de médico mundano, menos o anonimato célebre e faustoso de minha missão curativa, na minha rua de rico, na minha poltrona de ministro...

Naturalmente: a via mediana. E séculos arrastando-me, com insatisfação lancinante, ardor interior, ora corrosivo, ora virulento, ora recoberto — mas sempre presente.

A primeira vez que ele se consultou comigo entrevi, portanto, minha salvação. Apenas por seu consentimento tácito em ser meu paciente, por sua simples frequentação regular de minha sala de espera, por sua docilidade banal de doente sem histórias ele me dava de presente aquilo a que eu, corrompido demais por meu sangue de burguês, não era capaz de renunciar. Mais tarde, magnânimo, deu-me outro presente: sua conversa; mundos até então insuspeitos surgiam, e aquilo que minha chama, desde sempre, cobiçava tão ardentemente e se desesperava por jamais conquistar, eu vivia, graças a ele, por procuração.

Viver por procuração: fazer nascer chefs, ser o coveiro deles, da comilança extrair palavras, frases, sinfonias de linguagem, e dar à luz a beleza fulgurante das refeições; ser um Mestre, ser um Guia, ser uma Divindade; tocar com o espírito esferas inacessíveis, penetrar, às escondidas, nos labirintos da inspiração, beirar a perfeição, aflorar o Gênio! O que se deve, realmente, preferir? Viver a pobre vidinha de *Homo sapiens* bem-adaptado, sem objetivo, sem-sal, porque somos muito frágeis para nos ater ao objetivo? Ou, quase por arrombamento, desfrutar infinitamente os êxtases de outro que conhece a própria busca, que já iniciou sua cruzada e que, por ter assim um fim último, vive ao lado da imortalidade?

Ainda mais tarde, outras generosidades: sua amizade. E, ao aceitar o olhar que pousava sobre mim, na intimidade de nossas conversas de homem para homem em que eu adivinhava, no fogo de minha paixão pela Arte, a testemunha, o discípulo, o protetor e o admirador simultaneamente, recebi ao cêntuplo os frutos de minha subordinação consentida. Sua amizade! Quem não sonhou com a amizade de um Grande do século, quem não desejou tutear o Herói, dar o abraço no filho pródigo, no grande Mestre das orgias culinárias! Amigo dele! Amigo dele e seu confidente, até o privilégio, ó quão precioso e doloroso a um só tempo, de lhe anunciar sua própria morte... Amanhã? De manhãzinha? Ou esta noite?... Minha noite também, porque a testemunha morre por não mais poder testemunhar, porque o discípulo morre do tormento da perda, porque o protetor morre por ter desfalecido e porque o admirador, enfim, morre por adorar um cadáver fadado à paz dos cemitérios... Minha noite...

Mas não me arrependo de nada, mas reivindico tudo, porque era ele, e porque era eu.

O espelho

Rue de Grenelle, o quarto

Chamava-se Jacques Destrères. Foi no comecinho de minha carreira. Eu acabava de terminar um artigo sobre a especialidade do restaurante Gerson, aquele mesmo artigo que revolucionaria os limites de minha profissão e me propulsaria ao firmamento da crítica gastronômica. Na espera excitada mas confiante do que ia se seguir, refugiei-me na casa de meu tio, irmão mais velho de meu pai, um solteirão que sabia viver e na família passava por um original. Nunca se casara e jamais tinham visto mulher a seu lado, tanto que meu pai desconfiava que ele fosse "fresco". Tivera sucesso nos negócios e depois, na maturidade, retirara-se para uma pequena propriedade encantadora, perto da floresta de Rambouillet, onde passava dias sossegados podando suas roseiras, passeando com os cachorros, fumando charuto em companhia de alguns velhos conhecidos dos negócios e preparando pratinhos de solteiro.

Sentado em sua cozinha, eu o olhava trabalhar. Era inverno. Eu tinha almoçado muito cedo no Groers, em Versalhes, e depois trilhado as estradinhas cobertas de neve, com uma disposição de espírito mais que favorável. Um bom fogo crepitava na lareira, e meu tio preparava a comida. A cozinha de minha avó me acostumara a uma atmosfera barulhenta e febril em que, em meio ao alarido das panelas, ao chiado da manteiga e ao clac-clac das facas, se agitava uma virago em transe à qual só sua longa experiência conferia uma aura de serenidade — dessas que conservam os mártires nas chamas do inferno. Ele não se apressava, mas tampouco havia lentidão. Cada gesto vinha em sua hora.

Lavou com cuidado o arroz tailandês numa pequena peneira prateada, escorreu-o, jogou-o na panela, cobriu-o com um volume e meio de água salgada, tampou, deixou cozinhar. Os camarões jaziam numa tigela de louça. Sempre conversando comigo, essencialmente sobre meu artigo e meus projetos, descascou-os com uma meticulosidade concentrada. Nem um instante acelerou a cadência, nem um instante a diminuiu. Quando o último pequeno arabesco ficou despojado de sua ganga protetora, lavou conscienciosamente as mãos, com um sabonete que cheirava a leite. Com a mesma serena uniformidade pôs uma frigideira de ferro no fogo, despejou um fio de azeite, deixou-o aquecer, jogou uma chuva de camarões descascados. Com jeito, a espátula de madeira os manipulava, não deixando às pequenas meias-luas nenhuma escapatória, dourando-as de todos os lados, fazendo-as valsar sobre a grelha perfumada. Depois, caril. Nem demais nem muito pouco. Uma nuvem sensual embelezando com seu dourado exótico o cobre rosado dos crustáceos: o Oriente reinventado. Sal, pimenta. Com a tesoura cortou um ramo de coentro em cima da preparação. Por último, rapidamente, o conteúdo de uma tampinha de conhaque, um fósforo; do recipiente jorrou uma longa chama rabugenta, como um chamado ou um grito que afinal se liberta, suspiro furioso que se apaga tão depressa quanto se levantou.

Na mesa de mármore aguardavam pacientes um prato de porcelana, um copo de cristal, uma prataria fantástica e um guardanapo de linho bordado. No prato dispôs cuidadosamente, com a colher de pau, a metade dos camarões, o arroz previamente comprimido numa minúscula tigela e desenformado como uma pequena cúpula tendo no alto uma folha de hortelã. No copo, serviu-se generosamente de um líquido cor de trigo transparente.

"Sirvo-lhe um copo de sancerre?"

Fiz que não com a cabeça. Sentou-se à mesa.

Fazer uma boquinha. Era o que Jacques Destrères chamava de fazer uma boquinha. E eu sabia que não brincava, que todo dia preparava assim uma pequena dose de paraíso, que desconhecia o requinte de seu ordinário, verdadeiro gourmet, real esteta na ausência de encenação que caracterizava seu dia a dia. Eu o observava comer, sem tocar no prato que ele preparara diante de meus olhos, comer com o mesmo cuidado distanciado e sutil que empregara ao cozinhar, e essa refeição que não provei foi uma das melhores de minha vida.

Degustar é um ato de prazer, descrever esse prazer é um fato artístico, mas a única verdadeira obra de arte, definitivamente, é o festim do outro. O almoço de Jacques Destrères revestia-se de perfeição porque não era o meu, porque não transbordava para o antes e o depois de meu cotidiano, e, unidade fechada e autossuficiente, podia ficar em minha memória, momento único gravado fora do tempo e do espaço, pérola de meu espírito liberado dos sentimentos de minha vida. Como contemplamos uma peça que se reflete num espelho redondo, e que se torna um quadro, não por estar mais aberta para outra coisa, mas por sugerir todo um mundo sem outros lugares, inscrito estritamente entre as bordas do espelho e isolado da vida ao redor, a refeição do outro é encerrada no quadro de nossa contemplação e isenta da linha de fuga infinita de nossas lembranças ou de nossos projetos. Gostaria de viver aquela vida, aquela que o espelho ou o prato de Jacques me sugeriam, uma vida sem perspectivas por onde se esvai a possibilidade de que ela se torne uma obra de arte, uma vida sem outrora nem amanhã, sem arredores nem horizonte: aqui e agora, é belo, é pleno, é fechado.

E não é isso. O que as grandes mesas trouxeram ao meu gênio nutritivo, o que os camarões de Destrères sugeriram à minha inteligência nada ensina a meu coração. Spleen. Sol negro.

O sol...

(Gégène)

Esquina da Rue de Grenelle com a Rue du Bac

Você e eu somos da mesma cepa.

Há duas categorias de passantes. Primeiro, a mais corrente, embora comporte matizes. Jamais cruzo o olhar deles, ou então fugazmente, quando me dão uma moeda. Às vezes dão um sorrisinho, mas sempre com certo constrangimento, e se esquivam num piscar de olhos. Ou não param e passam o mais depressa possível, com sua consciência pesada que os importuna por cem metros — cinquenta antes, quando me viram de longe e se apressaram em atarraxar a cabeça virada para o outro lado, até que, cinquenta metros depois do maltrapilho, ela reencontre sua mobilidade costumeira —, em seguida me esquecem, voltam a respirar livremente, e o aperto no coração, de pena e vergonha que sentiram, progressivamente se esfuma. Esses, eu sei o que dizem, à noite, voltando para casa, se é que ainda pensam no assunto, em algum canto do inconsciente: "É terrível, tem cada vez mais, isso me parte o coração, eu dou, é claro, mas depois do segundo eu paro, sei, é arbitrário, é horrível, mas a gente não pode dar sem parar, quando penso nos impostos que pagamos, não somos nós que deveríamos dar, o Estado é que está falhando, é o Estado que não cumpre seu papel, e ainda temos que nos dar por felizes de ter um governo de esquerda, senão seria pior, bem, o que é que vamos comer no jantar, massa?".

Esses aí, estou cagando e andando para eles. E ainda estou sendo bem-educado. Que se danem, esses burgueses que brincam de socialistoides, que querem tudo e mais alguma coisa, a assinatura do teatro do Châtelet e os pobres salvos da miséria, o chá da loja Mariage e a igualdade dos homens na Terra, suas férias na Toscana e as calçadas livres dos espinhos de seu sentimento de culpa, pagar a faxineira sem registrá-la e ser ouvidos quando lançam suas tiradas de defensores altruístas. O Estado, o Estado! É o povo analfabeto que adora o rei e só acusa os maus ministros corruptos de todos os males de que sofre; é o Poderoso Chefão que diz a seus esbirros: "Este homem é um mal-encarado" e não quer saber que o que acaba de ordenar, assim por meias palavras, é sua execução; é o filho ou a filha humilhados que xingam a assistente social que pede satisfação aos pais indignos! O Estado! Como o Estado tem costas largas quando se trata de acusar o outro que não é senão ele mesmo!

E, depois, tem a outra categoria. A dos brutos, dos verdadeiros patifes, os que não apertam o passo, não desviam o olhar, me fixam com seus olhos frios e sem comiseração, azar o seu, meu chapa, morra se não soube lutar, nada de indulgência com a ralé, com a plebe que vegeta em seus caixotes de sub-homens, nada de refresco, a gente ganha ou perde, e, se você acha que me envergonho da minha grana, está enganado.

Durante dez anos, uma manhã depois da outra, saindo de seu palácio, ele alinhou na minha frente seu passo de rico satisfeito, enfrentou meu pedido com olhos de desprezo tranquilo.

Se eu fosse ele, faria igual. Não se deve pensar que todos os mendigos são socialistas e que a pobreza os torna revolucionários. E, já que parece que ele vai morrer, então lhe digo: "Morra, meu chapa, morra de todo o dinheiro que você não me deu, morra de todas as suas sopas de ricaço, morra de sua vida de poderoso, mas não sou eu que me alegrarei. Você e eu somos da mesma cepa".

O pão
Rue de Grenelle, o quarto

Ofegantes, tínhamos de ir embora da praia. O tempo já me parecia, de uma forma deliciosa, simultaneamente curto e longo. Naquele lugar, o litoral, longo arco arenoso estendendo-se preguiçosamente mas devorado pelas ondas, permitia banhos de mar mais intrépidos, com menos perigo e mais prazer. Desde o começo da manhã, eu e meus primos mergulhávamos incansáveis sob as ondas ou voávamos sobre sua crista, sem fôlego, inebriados com aquelas cambalhotas sem fim, só voltando ao ponto de encontro de todos, a barraca de praia da família, para comer um sonho ou um cacho de uvas, e sair de novo a todo vapor para o oceano. Mas às vezes eu me deixava cair direto na areia quente que rangia, instantaneamente imobilizado num bem-estar idiota, mal e mal consciente do entorpecimento de meu corpo e dos barulhos tão especiais da praia, entre gritos de gaivotas e risos de crianças — um parêntese de intimidade, nesse estupor tão singular da felicidade. No mais das vezes, flutuando ao sabor da água, eu aparecia e desaparecia sob sua massa líquida e movente. Exaltação da infância: quantos anos passamos a esquecer essa paixão que insuflávamos a toda atividade que nos prometia prazer? De qual comprometimento total já não somos capazes, e de que júbilo, de que ímpetos de lirismo encantador? Havia naqueles dias de banhos de mar tanta exultação, tanta simplicidade... tão depressa substituídas, infelizmente, pela dificuldade cada vez maior de sentir prazer...

Cerca de uma da tarde levantávamos acampamento. A volta para Rabat, a uns dez quilômetros, no forno que eram os carros, me dava tempo de contemplar a beira do mar. Eu não me cansava. Mais tarde, rapaz e privado desses verões marroquinos, acontecia-me evocar em pensamento os menores detalhes da estrada que vai da praia de Sables d'Or à cidade e, nesta, eu repassava ruas e jardins com minuciosa euforia. Era uma bela estrada, que em muitos pontos dominava o Atlântico: palacetes destruídos pelos louros-rosas deixavam às vezes entrever, na falsa transparência de um portão trabalhado, uma vida ensolarada que se movia ali dentro; a fortaleza ocre, mais longe, dominando ondas de esmeralda, a qual só muito mais tarde fiquei sabendo que era uma prisão sinistra; depois, a pequena praia de Temara, encravada, protegida contra o vento e as ressacas e que eu olhava de cima com o desdém dos que só gostam, no mar, de seus relevos e tumultos; a praia seguinte, perigosa demais para que nela pudéssemos nos banhar, salpicada de uns poucos pescadores temerários de pernas queimadas lambidas pelas ondas e que o oceano parecia querer engolir num alarido raivoso; depois, os arredores da cidade, com o *souk* abarrotado de carneiros e de panos de tendas claras batendo ao vento, os subúrbios fervilhando de gente, alegremente ruidosos, pobres mas salubres no ar iodado. Eu ficava com areia grudada nos tornozelos, as faces em fogo, amolecendo no calor do habitáculo, e me deixava embalar pela sonoridade a um só tempo tão cantada e agressiva do árabe, ao sabor dos fragmentos de conversa incompreensíveis que ouvia pela janela aberta. Doce calvário, o mais doce de todos: quem passou verões à beira-mar conhece isso, essa necessidade exasperante de *voltar*, de trocar a água pela terra, de suportar o incômodo de se sentir pesado e suado — conhece isso, o execrou e disso se lembra, em outros tempos, como de um abençoado momento. Rituais de férias, sensações imutáveis: um gosto de sal no canto da boca, os dedos enrugados, a pele quente e seca, os cabelos colados que ainda pingam um pouco no pescoço, o fôlego curto, como era bom, como era fácil... Chegando em casa, disparávamos para o chuveiro, de onde saíamos reluzentes, com a epiderme macia e o cabelo dócil, e a tarde começava por uma refeição.

Nós a compramos num mercadinho em frente às muralhas, cuidadosamente embalada em papel-jornal, antes de entrar no carro. Eu olhava para ela de canto de olho, ainda meio embrutecido para desfrutar de sua presença mas tranquilo por saber que ela estava ali, para "depois", para "a hora do almoço". Estranho... Que a lembrança mais visceral de pão que surja neste dia de falecimento seja a da *kesra* marroquina, aquela bonita bola achatada, por sua consistência mais próxima do bolo que do pão, não deixa de me intrigar. Seja como for: lavado e vestido, na beatitude de iniciar um pós-praia com passeios na medina, eu sentava à mesa, arrancava do naco importante que minha mãe me dava uma primeira dentada conquistadora e, na tepidez movediça e dourada do alimento, reencontrava a consistência da areia, sua cor e sua presença acolhedora. O pão, a areia: dois calores conexos, duas atrações cúmplices; a cada vez é um mundo inteiro de felicidades rústicas que invade nossa percepção. Estamos errados ao pretender que o que faz a nobreza do pão é que ele basta a si próprio, ao mesmo tempo que acompanha todos os outros pratos. Se o pão "basta a si próprio" é porque é múltiplo, não em seus tipos particulares mas em sua essência mesma, pois o pão é rico, o pão são vários, o pão é microcosmo. Nele se incorpora uma diversidade ensurdecedora, como um universo em miniatura, que revela suas ramificações ao longo de toda a degustação. O ataque, que esbarra de cara nas muralhas da crosta, espanta-se, tão logo superada essa barreira, com o consentimento que lhe dá o miolo fresco. Há um tamanho fosso entre a casca quebradinha, ora dura como pedra ora só vestimenta que cede depressa à ofensiva, e a maciez da substância interna que se aninha nas bochechas com uma docilidade meiga, que é quase desconcertante. As fissuras do invólucro são outras tantas infiltrações campestres: parece uma lavoura, e a gente se põe a sonhar com o camponês no ar da noite; com o campanário da aldeia, onde acabam de bater sete horas; ele enxuga a fronte com a lapela do casaco; fim da lavoura.

Na interseção da crosta com o miolo, em compensação, é um moinho que toma forma diante de nosso olhar interior; a poeira do trigo voa em torno da mó, o ar é infestado pelo pó volátil; e nova mudança de quadro, pois o palato acaba de esposar a espuma alveolada libertada de sua canga e o trabalho dos maxilares pode começar. É mesmo um pão, e, no entanto, o comemos como se fosse um bolo; mas, diferentemente dos doces, ou mesmo dos pãezinhos doces, mastigar o pão leva a um resultado surpreendente, a um resultado... pegajoso. A bola de miolo mastigada e remastigada precisa se aglomerar numa massa pegajosa e sem espaço por onde o ar consiga se infiltrar; o pão gruda, sim, isso mesmo, gruda. Quem jamais ousou amassar longamente com os dentes, a língua, o palato e as bochechas o coração do pão, jamais estremeceu ao sentir em si o ardor jubilante do viscoso. Não é mais pão, nem miolo, nem bolo que mastigamos, é um semblante de nós mesmos, do que deve ser o gosto de nossos tecidos íntimos, que amassamos assim com nossas bocas experientes em que saliva e levedura se misturam numa fraternidade ambígua.

Em volta da mesa todos nós ruminávamos, conscienciosamente e calados. Existem curiosas comunhões... Longe dos ritos e dos faustos das missas instituídas, aquém do ato religioso de cortar o pão e render graças ao Céu, nós nos uníamos, porém, numa comunhão sagrada que nos fazia atingir, sem que soubéssemos, uma verdade superior, decisiva entre todas. E, se alguns de nós, vagamente conscientes dessa oração mística, a atribuíam futilmente ao prazer de estarmos juntos, de partilharmos uma gulodice consagrada, no convívio e no relaxamento das férias, eu sabia que só se enganavam por falta de palavras e luzes para dizer e iluminar tal elevação. Província, campo, doçura de viver e elasticidade orgânica: há tudo isso no pão, neste daqui como naquele de outro lugar. É o que o torna, sem sombra de dúvida, o instrumento privilegiado por onde derivamos em nós mesmos em busca de nós mesmos.

Depois desse primeiro contato aperitivo, eu enfrentava a sequência de hostilidades. Saladas frescas — ninguém imagina o que cenouras e batatas cortadas em quadradinhos regulares e temperados só com coentro ganham em sabor em comparação com suas semelhantes grosseiramente cortadas —, *tajines* pletóricos: eu lambia os beiços e me empanzinava como um anjo, sem remorsos nem arrependimentos. Mas minha boca não esquecia, minha boca se lembrava de que inaugurara a refeição de festa com suas mandíbulas brincando com a brancura de uma micha macia e, ainda que, para lhe demonstrar minha gratidão, eu a precipitasse em seguida no fundo de meu prato cheio de molho, eu sabia muito bem que o entusiasmo desaparecera. Com o pão, como com qualquer coisa, é a primeira vez que conta.

* * *

Lembro-me da luxúria florida do salão de chá dos Oudaia, de onde contemplávamos Salé e o mar, ao longe, a jusante do rio que corria sob as muralhas; das ruelas coloridas da medina; das cataratas de jasmim nos muros dos pequenos pátios, riqueza do pobre a mil léguas do luxo dos perfumistas do Ocidente; da vida sob o sol, por fim, que não é a mesma que em outro lugar, pois quem vive ao ar livre concebe o espaço diferentemente... e o pão achatado, alvorada fulgurante das uniões da carne. Sinto, sinto muito bem que estou bem perto. Há algo disso no que procuro. Algo, mas ainda não é totalmente isso... pão... pão... E o que mais? De que, além do pão, vivem os homens na Terra?

(Lotte)
Rue Delbet

Eu sempre lhe dizia: não quero ir, gosto de Granny mas não gosto de Granpy, ele me dá medo, tem uns olhos grandes muito pretos, e além disso não fica feliz em nos ver, nem um pingo feliz. Por isso é que hoje parece esquisito. Porque, pelo menos desta vez, eu quero ir, gostaria de ver Granny, e Rick, e é mamãe que não quer, diz que Granpy está doente e que a gente vai incomodá-lo. Granpy doente? Não é possível. Jean está doente, sim, está muito doente, mas não faz mal, gosto de ficar com ele, adoro, no verão, quando vamos juntos até as pedrinhas, ele pega uma pedrinha e aí olha para ela e aí inventa uma história, se é uma grande redonda, é um homem que comeu demais, aí ele não consegue mais andar, rola, rola, ou então, se é uma pequena achatada, é porque andaram em cima dela e, pimba, ficou igual a um crepe, e um monte de outras histórias assim.

Granpy nunca me contou histórias, nunca, ele não gosta de histórias, não gosta de criança, e não gosta de barulho, lembro um dia, na Rudgrenele, eu brincava sossegada com o Rick e depois com a Anais, filha da irmã de Paul, a gente ria muito, e ele se virou para nós, me lançou um olhar mau, mau *de verdade*, fiquei com vontade de chorar e de me esconder, eu não tinha mais nenhuma vontade de rir, e ele disse para Granny, mas sem olhar para ela: "Alguém mande que eles se calem". Então Granny ficou com cara triste, não respondeu nada, veio falar com a gente e disse: "Venham, crianças, vamos brincar na pracinha, Granpy está cansado". Quando voltamos da pracinha, Granpy tinha ido embora, não o vimos mais, jantamos com Granny e também com mamãe, e com a Adèle, irmã de Paul, e a gente se divertiu de novo, mas eu via direitinho que Granny estava triste.

Quando faço perguntas a mamãe, ela sempre me responde que não, que está tudo bem, que são histórias das pessoas grandes, que não tenho de me preocupar com tudo isso e que ela me ama muito, muito mesmo. Isso eu sei. Mas também sei muitas outras coisas. Sei que Granpy não gosta mais de Granny, que Granny não gosta mais dela mesma, que Granny gosta de Jean mais que de mamãe ou de Laura, mas que Jean detesta Granpy e que Granpy tem desgosto de Jean. Sei que Granpy pensa que papai é um imbecil. Sei que papai fica zangado com mamãe, porque ela é filha de Granpy, mas também porque ela quis me ter, e ele não queria filhos, ou pelo menos ainda não; também sei que papai me ama muito, muito, e talvez até que ele queira mal a mamãe por me amar tanto quando na verdade ele não me queria, e sei que mamãe às vezes fica meio zangada comigo por ter me querido quando papai não queria. Pois é, sei tudo isso. Sei que todos eles são infelizes porque ninguém gosta da pessoa certa, como deveria, e que não compreendem que é sobretudo a eles mesmos que querem mal.

Acham que as crianças não sabem nada. Dá vontade de perguntar se as pessoas grandes um dia foram crianças.

O sítio

Rue de Grenelle, o quarto

Acabei indo parar naquele sítio gracioso da Côte de Nacre depois de duas horas de esforços infrutíferos para descobrir um albergue gastronômico recém-aberto que tinham me indicado nos arredores de Colleville e do cemitério americano. Sempre gostei dessa parte da Normandia. Não por sua sidra, nem por suas maçãs, seu creme e seus frangos flambados com calvados, mas por suas praias imensas, com a areia deserta descoberta pela maré baixa e onde realmente entendi o que quer dizer a expressão "entre céu e terra". Eu passeava longamente por Omaha Beach, meio tonto com a solidão e o espaço, observava as gaivotas e os cães que vagavam pela areia, punha a mão em viseira diante dos olhos para escrutar um horizonte que nada me ensinava, e me sentia feliz e confiante, revigorado por essa escapada silenciosa.

Naquela manhã, uma bela manhã de verão, clara e fresca, perambulei num mau humor crescente em busca de meu albergue, perdendo-me por inacreditáveis caminhos vazios e só recolhendo em minha passagem indicações contraditórias. Acabei pegando uma estradinha que terminava num beco sem saída, no quintal de um sítio com uma casa de pedra da região, pórtico que tinha uma imponente glicínia no alto, janelas vampirizadas por gerânios vermelhos, e postigos recentemente repintados de branco. À sombra de um pé de tília, defronte da casa, havia uma mesa posta, e cinco pessoas (quatro homens e uma mulher) acabavam de almoçar. Não conheciam o endereço que eu procurava. Quando indaguei, na falta de algo melhor, por um lugar não muito longe onde poderia comer, fizeram um muxoxo com uma ponta de desprezo. "É melhor comer em casa", disse um dos homens num tom pesado de subentendidos. Aquele que eu supunha ser o dono da casa pôs a mão sobre o capô do carro, inclinou-se para mim e me propôs sem mais cerimônias que partilhasse a comida deles. Aceitei.

Sentado sob a tília tão perfumada que eu quase já não sentia fome, ouvi-os conversar diante de seus cafés com calvados, enquanto a cultivadora, uma jovem roliça com uma covinha graciosa de cada lado dos lábios, me servia sorrindo.

Quatro ostras claras, frias, salgadas, sem limão nem temperos. Lentamente engolidas, abençoadas pelo frio altivo com que cobriam meu palato. "Ah, só sobraram essas, havia uma grosa, doze dúzias, mas homem, quando volta do trabalho, come bem." Ela riu com suavidade.

Quatro ostras sem floreios. Prelúdio total e sem concessão, régio em sua modéstia rude. Um copo de vinho seco, gelado, frutado com requinte — "um saché, temos um primo na Touraine que nos vende baratinho!".

Um aperitivo. Ao lado, os sujeitos falavam sobre carro com uma facúndia incrível. Aqueles que correm. Aqueles que não correm. Aqueles que resmungam, que bufam, que emperram, que cospem, que ofegam, que penam nas ladeiras, que derrapam nas curvas, que rateiam, que fumegam, que soluçam, que tossem, que empinam, que escoiceiam. A lembrança de um Simca 1100 particularmente rebelde merece o privilégio de uma longa conversa. Uma porcaria, que tinha frio no rabo até em pleno verão. Todos balançam a cabeça indignados.

Duas fatias finas de presunto cru e defumado, sedosas e moventes em suas dobras lânguidas, manteiga com sal, um pedaço de pão bola. Uma overdose de vigorosa maciez: improvável mas deliciosa. Mais um copo do mesmo vinho branco, que já não me abandonará. Prólogo excitante, encantador, acendedor.

"A floresta está cheia, sim", respondem à minha pergunta educada sobre a caça na região. "Aliás", diz Serge (também há Claude e Christian, o dono da casa, mas não consigo atribuir um nome ao último), "volta e meia isso causa acidentes."

Alguns aspargos verdes, gordos, incrivelmente macios. "São para fazê-lo esperar enquanto está esquentando", diz precipitadamente a jovem, pensando sem dúvida que me espanto com um prato principal tão pobre. "Não, não", digo, "é magnífico." Tonalidade requintada, campestre, quase bucólica. Ela cora e desaparece, rindo.

Ao meu redor prossegue a todo vapor a conversa sobre a caça que atravessa inopinadamente as estradas da floresta. Fala-se de um certo Germain, que, tendo atropelado numa noite sem lua um javali aventureiro, pensa, na escuridão, que ele está morto ("Imagine, uma ocasião dessas!"), joga-o no porta-malas, pega de novo a estrada, enquanto o bicho acorda lentamente e começa a dar coices ("a se sacudir no baú...") e depois, com pancadas de focinho, amassa o carro e se evapora na natureza. Eles dão risadas, como se fossem crianças.

* * *

"Restos" (suficientes para alimentar um regimento) de galinha. Pletora de creme, bacon, uma pitada de pimenta-preta, batatas que adivinho que vêm de Noirmoutier — e nem um pingo de gordura.

A conversa desviou-se de seu caminho inicial, enveredou pelos meandros sinuosos dos alcoóis locais. Os bons, os menos bons, os francamente imbebíveis; as aguardentes ilícitas, as sidras fermentadas demais, feitas de maçãs podres, mal lavadas, mal esmagadas, mal colhidas, os calvados de supermercado que parecem xarope e depois, também, os verdadeiros calvados, que arrancam a boca mas perfumam o palato. A aguardente de um famoso Père Joseph detona as mais belas gargalhadas: puro desinfetante, é verdade, e nada digestivo!

"Estou sem graça", me diz a jovem mulher, que não fala com o mesmo sotaque do marido, "mas não tem mais queijo, hoje à tarde devo ir fazer compras."

Fico sabendo que o cão de Thierry Coulard, um bravo animal conhecido por sua sobriedade, um dia se esqueceu de tudo e ficou bebendo com a língua uma pequena poça embaixo do tonel e, de pileque ou de envenenamento, caiu duro como um cabo de vassoura e só saiu das garras da morte graças a uma constituição fora do comum. Eles rolam de rir, custo a recuperar o fôlego.

Uma torta de maçã, massa podre, fina, crocante, frutas douradas, insolentes sob o caramelo discreto dos cristais de açúcar. Termino a garrafa. Às cinco da tarde, ela me serve o café com calvados. Os homens se levantam, dão tapinhas em minhas costas dizendo que vão trabalhar e que, se eu estiver lá naquela noite, ficarão contentes de me ver. Beijo-os como se fossem irmãos e prometo voltar um dia com uma boa garrafa.

Diante da árvore secular do sítio de Colleville, sob a batuta dos porcos que se sacodem nos porta-malas para o grande prazer de homens que em seguida contam essa história, conheci uma de minhas mais belas refeições. A comida era simples e deliciosa, mas o que devorei assim, a ponto de relegar ostras, presunto, aspargos e galinha ao nível de acessórios secundários, foi a truculência da fala deles, brutal em sua sintaxe desleixada mas calorosa em sua autenticidade juvenil. Regalei-me com palavras, sim, palavras que jorravam da reunião daqueles irmãos campestres, essas palavras que, às vezes, ganham em deleite das coisas da carne. As palavras: escrínios que recolhem uma realidade isolada e a metamorfoseiam num momento de antologia, mágicos que mudam a face da realidade embelezando-a com o direito de se tornar memorável, guardada na biblioteca das lembranças. Toda vida só é vida pela osmose da palavra e do fato, em que a primeira reveste o segundo de seu traje de gala. Assim, as palavras de meus amigos de fortuna, aureolando a refeição com uma graça inédita, tinham, quase sem que eu quisesse, constituído a substância de meu festim, e o que eu apreciara com tanta alegria era o verbo e não a carne.

Sou tirado de meu devaneio por um barulho surdo que não engana meus ouvidos. Percebo através das pálpebras semicerradas Anna passando furtivamente pelo corredor. Essa faculdade que tem minha mulher de se deslocar sem andar, sem alterar sua progressão com a quebra habitual dos passos, sempre me fez desconfiar que essa fluidez aristocrática só foi criada para mim.

Anna... Se você soubesse em que felicidade me mergulha a re-descoberta dessa tarde lábil, entre aguardente e floresta, a beber com a cabeça inclinada a eternidade das palavras! Talvez esteja aí a engrenagem de minha vocação, entre o dizer e o comer... e o sabor, sempre, me foge vertiginosamente... Sou arrastado pelos pensamentos para minha vida na província... uma casa grande... os passeios pelos campos... o cão em minhas pernas, alegre e inocente...

(Vênus)

Rue de Grenelle, o escritório

Sou uma Vênus primitiva, uma pequena deusa da fecundidade de corpo de alabastro nu, quadris largos e generosos, ventre proeminente e seios caindo até minhas coxas roliças, unidas uma contra a outra numa atitude de timidez meio engraçada. Mulher, mais que gazela: tudo em mim convida à carne e não à contemplação. E, no entanto, ele olha para mim, não para de me olhar, assim que levanta os olhos da folha, assim que medita e que, sem me ver, pousa longamente em mim seu olhar sombrio. Mas às vezes me escruta pensativo, tenta penetrar em minha alma de escultura imóvel, sinto muito bem que está por um triz, quase entrando em contato, adivinhando, dialogando, e depois desiste abruptamente, e tenho a sensação exasperante de ter assistido ao espetáculo de um homem que se contempla num espelho sem estanho, sem desconfiar que por trás alguém o observa. Outras vezes me aflora com os dedos, apalpa minhas dobras de mulher feliz, passa suas palmas em meu rosto sem feições, e sinto na superfície de meu marfim sua fluidez de pessoa instável e indomada. Quando senta diante da escrivaninha, quando puxa a cordinha do grande abajur de cobre e um raio de luz quente inunda meus ombros, ressurjo de lugar nenhum, renasço toda vez dessa luz demiúrgica, e esses são para ele os seres de carne e sangue que atravessam sua vida, ausentes de sua memória quando ele lhes dá as costas e, quando entram de novo no campo de sua percepção, presentes com uma presença que ele não entende. Também os olha sem vê-los, apreende-os no vazio, como um cego que tateia diante de si e imagina pegar alguma coisa quando só apanha o evanescente, só abarca o nada. Seus olhos perspicazes, seus olhos inteligentes ficam separados do que veem por um véu invisível que impede o julgamento, que torna opaco aquilo que, no entanto, ele poderia tão bem iluminar com sua verve. E esse véu é sua rigidez de autocrata desvairado, em sua perpétua angústia de que o outro, diante dele, se revele outra coisa além de um objeto que ele pode afastar à vontade de sua visão, na perpétua angústia de que o outro, ao mesmo tempo, não seja uma liberdade que reconheça a sua...

Quando me procura sem jamais me encontrar, quando se resigna enfim a baixar os olhos ou a pegar a cordinha para liquidar com a certeza de minha existência, ele foge, foge, foge do insustentável. Seu desejo do outro, seu medo do outro.

Morra, velho. Não há paz nem lugar para você nesta vida.

O cachorro
Rue de Grenelle, o quarto

Nas primeiras horas de nosso companheirismo, eu não deixava de ficar fascinado pela indiscutível elegância com que ele baixava o traseiro; bem apoiado entre as patas, o rabo raspando no chão com a regularidade de um metrônomo, a barriguinha glabra e rosa dobrando-se por baixo do peitoral coberto por uma penugem, sentava-se vigorosamente e erguia para mim seus olhos de avelã líquida nos quais, muitas vezes, me pareceu ver outra coisa além do simples apetite.

Eu tinha um cachorro. Ou melhor, um palerma sobre patas. Um pequeno receptáculo de projeções antropomórficas. Um companheiro fiel. Um rabo marcando o compasso ao sabor de suas emoções. Um canguru superexcitado nas boas horas do dia. Um cachorro, pois. Quando chegou à nossa casa, suas dobras gorduchas poderiam ter incitado à ternura bestificante; mas em poucas semanas a bola rechonchuda se tornou um cachorrinho elegante de focinho bem desenhado, olhos límpidos e luminosos, com o nariz empreendedor, o peitoral forte e as patas bem musculosas. Era um dálmata, e dei a ele o nome de Rhett, em homenagem a ... *E o vento levou*, meu filme fetiche, porque, se eu fosse mulher, seria Scarlett — aquela que sobreviveu num mundo que agonizava. Seu pelo imaculado, cautelosamente salpicado de preto, era incrivelmente sedoso; por natureza o dálmata é um cão muito sedoso, tanto de se ver como de se tocar. Mas não pegajoso: não há nada de condescendente nem de meloso na simpatia imediata que sua fisionomia inspira, há apenas uma grande propensão à sinceridade amorosa. Quando, para completar, ele inclinava de lado o focinho, com as orelhas viradas para a frente e caindo como se fossem gotas fluidas ao longo de seus beiços pendentes, eu não me arrependia de ter compreendido que o amor que se tem por um animal participa da representação que se tem de si, tão irresistível ele era nesses momentos. Aliás, não há a menor dúvida de que, passado algum tempo de coabitação, o homem e o animal pegam mutuamente os defeitos um do outro. Rhett, aliás razoavelmente mal-educado, para não dizer nada educado, sofria na verdade de uma patologia que não tinha nada de muito surpreendente. Qualificar de gula o que mais era, nele, bulimia obsessiva equivaleria a estar nitidamente aquém da verdade. Se uma folha de alface caísse no chão, ele se precipitava para cima dela num voo a pique muito impressionante, concluído por um escorregão apoiado nas patas anteriores, devorava-a sem sequer mastigar, na aflição de ser lesado, e, tenho certeza, só depois é que identificava o que assim pescara. Sem dúvida sua divisa era: come-se primeiro, vê-se depois, e às vezes eu chegava a pensar que era dono do único cachorro do mundo que conferia mais valor ao desejo de comer que ao ato de fazê-lo, de tal modo a maior parte de sua atividade diária consistia em estar ali onde podia *esperar* catar uma comidinha. Sua engenhosidade, porém, não chegava ao ponto de inventar subterfúgios para consegui-la; mas ele tinha a arte de se posicionar estrategicamente no lugar exato onde uma salsicha esquecida na grelha poderia ser surrupiada, onde umas batatas fritas amassadas, vestígio de um aperitivo apressado, escaparia à atenção dos donos da casa. Mais grave, essa paixão incoercível de comer se ilustrou muito bem (mas de maneira um pouco dramática) durante um Natal em Paris, na casa de meus avós, onde a ceia, segundo um costume antediluviano, devia terminar, como convém, com uma *bûche* amorosamente confeccionada por minha avó, um simples rocambole repleto de creme de manteiga, com recheio de café ou chocolate — simples rocambole, talvez, mas lastreado da magnificência das obras bem-acabadas. Rhett, em plena forma, brincava pelo apartamento, acariciado por uns, sorrateiramente alimentado por outros com uma guloseima deixada por desleixo em cima do tapete, às escondidas de meu pai, e fazia assim, desde o início da ceia, rondas regulares (o corredor, o salão, a sala, a cozinha, e de novo o corredor etc.) pontuadas por algumas lambidas generosas. Foi Marie, irmã de meu pai, a primeira a notar sua ausência. Percebi, junto com os outros, que de fato fazia um bom tempo que não observávamos a recorrência do penacho branco e agitado que passava pelas poltronas e era o sinal de que o cachorro andava por ali. Depois de um breve momento em que meu pai, minha mãe e eu compreendemos de súbito o que provavelmente se tramava, nos levantamos de um pulo, movidos pela mesma e única mola, e disparamos para o quarto onde, por precaução, conhecendo o farsante e seu amor pela cozinha, minha avó guardara a preciosa sobremesa.

O quarto estava aberto... Talvez alguém (jamais se identificou o culpado), apesar das admoestações sobre a matéria, se esquecera de fechar a porta, e o cachorro, ao qual não se pode pedir que resista à própria natureza, concluíra naturalmente que a *bûche* lhe pertencia. Minha mãe deu um grito de desespero; um xofrango na desgraça por certo não dá gritos tão dilacerantes. Rhett, segundo toda probabilidade sentindo-se muito pesado por causa do roubo para reagir como de costume, isto é, fugir com o rabo entre as pernas para paragens mais clementes, estava ali a nos olhar com olhos privados de expressão, ao lado do prato vazio que satisfizera todas as suas expectativas. Aliás, *vazio* não é exatamente a palavra. Com uma aplicação metódica, certo de não ser incomodado tão cedo, ele atacara a *bûche* da direita para a esquerda, depois da esquerda para a direita, e assim por diante, em toda a sua extensão, até que chegássemos e só sobrasse da obra feita com manteiga mole um mirrado filamento comprido e que era inútil esperar que conseguíssemos reciclar em nossos pratos. Tal como Penélope desfazendo no bastidor, fio após fio e no sentido do comprimento, uma tela que, no entanto, se destinava a virar tapeçaria, Rhett efetuara com seus beiços industriosos uma minuciosa lançadeira que tecia o prazer de seu estômago de especialista.

Minha avó riu tanto que o incidente, de catástrofe galáctica, se tornou anedota saborosa. Era isso também o talento dessa mulher, distinguir o sal da existência ali onde outros só veem inconvenientes. Apostou que o cão seria punido por si próprio com a monumental indigestão que não poderia deixar de provocar prontamente o ato de ingurgitar uma torta prevista para quinze. Enganou-se. Apesar da proeminência suspeita observada por algumas horas em seu estômago, Rhett liquidou muito bem sua ceia de Natal, homologando-a com uma sesta profunda, entrecortada de alguns guinchos de prazer, e foi sem grande indignação que contemplou no dia seguinte sua tigela vazia, miserável medida de retorsão decidida por meu pai que, é o mínimo que se pode dizer, não aprovara a travessura.

Essa história precisa de moral? Por uns instantes fiquei zangado com Rhett por ter me privado de um prazer anunciado. Mas também ri às gargalhadas dessa injúria serena que o cachorro fez ao trabalho obstinado de minha avó, que era uma fera. E, sobretudo, surgira-me um pensamento que achei muito diverti-do. Naquela ocasião havia à mesa tantos parentes por quem eu sentia, no melhor dos casos desprezo, no pior animosidade, que, afinal, me parecia uma delícia que a torta destinada a suas tristes papilas tivesse alegrado as de meu cão, ao qual eu atribuía talentos de gourmet. No entanto, não sou desses que preferem um cachorro a um homem que não conhecem. Um cão é apenas uma coisa movente, que late e se remexe, passeia pelo campo de nosso cotidiano. Mas, se é para expressar sua repugnância por aqueles que a merecem, melhor fazê-lo, é verdade, por meio desses divertidos bichos peludos, insignificantes mas também fabulosos pela força de ridículo que, independentemente de si mesmos, veiculam com inocência.

Um palhaço, um presente, um clone: ele era os três ao mesmo tempo, engraçado no requinte delicado de sua silhueta risonha, presente que fazia de si mesmo irradiando a gentileza sem preparo de sua alma de cãozinho, clone de mim mesmo mas sem sê-lo de verdade: eu não via mais nele o cão, e tampouco o via como homem; era Rhett, Rhett antes de mais nada, antes de ser cão, anjo, bicho ou demônio. Mas se o evoco a algumas horas de meu fim é porque cometi uma afronta esquecendo-o em minha evocação anterior dos perfumes naturais. Rhett, na verdade, era por si só um júbilo olfativo. Sim, meu cão, meu dálmata, exalava um cheiro formidável; acreditem ou não acreditem: cheirava, na pele do pescoço e no alto de seu crânio bem sólido, a brioche um pouco queimado, desses que perfumam a cozinha de manhã, com manteiga e geleia de mirabela. Assim, Rhett cheirava ao bom brioche morno, o aroma da levedura calorosa provocava de imediato o desejo de cravar os dentes ali, e é preciso imaginar a cena: durante o dia inteiro o cachorro perambulava por todos os lugares da casa e do jardim; ao trotar, sumamente ocupado, do salão ao escritório, ao galopar para o outro lado da relva em cruzada contra três gralhas presunçosas ou ao bater pé na cozinha à espera de uma guloseima, sempre espalhava ao redor o cheiro evocador e constituía assim uma ode permanente e viva ao brioche do domingo de manhã, quando, entorpecidos mas felizes com esse dia de descanso que começa, enfiamos um velho pulôver confortável e descemos para preparar o café vigiando de soslaio a bola castanha que repousa sobre a mesa. Sentimo-nos deliciosamente mal despertos, ainda desfrutamos por uns instantes, no silêncio, o fato de não estarmos submetidos à lei do trabalho, esfregamos os olhos com simpatia por nós mesmos e, quando sobe o odor palpável do café quente, sentamos enfim diante da caneca fumegante, apertamos amicalmente o brioche, que se parte suave, arrastamos um pedaço para o prato em que está o açúcar em pó, no meio da mesa, e, com os olhos semicerrados, reconhecemos calados a tonalidade agridoce da felicidade. Era tudo isso que Rhett evocava com sua presença odorífera, e suas idas e vindas de padaria ambulante tinham algo a ver com o amor que eu sentia por ele.

Nas evocações de Rhett por meio dessa peripécia em que não pensava fazia séculos, reconquistei um odor que havia me desertado: o dos pãezinhos mornos e perfumados que se alojavam sobre a cabeça de meu cachorro. Um odor e, portanto, outras lembranças, as das torradas amanteigadas que, de manhã, nos Estados Unidos, eu devorava perplexo com a simbiose entre o pão e a manteiga que eram postos para torrar *juntos*.

(Anna)

Rue de Grenelle, o corredor

Que vai ser de mim, meu Deus, que vai ser de mim? Não tenho mais força, mais fôlego, estou esvaziada, exangue... Sei que eles não entendem, a não ser talvez Paul, sei o que pensam... Jean, Laura, Clémence, onde estão vocês? Por que esse silêncio, por que essa distância, por que todos esses mal-entendidos, quando poderíamos ter sido tão felizes, nós cinco? Vocês só veem um velho rabugento e autoritário, nunca viram senão um tirano, um opressor, um déspota que tornava impossível a vida, a de vocês, a minha — quiseram ser os *chevaliers servants* que me consolariam de minha desgraça de esposa abandonada e, enfim, não os desiludi, deixei-os embelezar meu cotidiano com seus risos de crianças amadas e reconfortantes, calei para vocês minha paixão, calei minhas razões. Calei para vocês quem eu sou.

Sempre soube que vida levaríamos juntos. Desde o primeiro dia entrevi os fastos para ele, longe de mim, as outras mulheres, a carreira de um sedutor com um talento alucinante, milagroso; um príncipe, um senhor incessantemente na caça, fora de suas muralhas, e que ano após ano se afastaria sempre um pouco mais, nem sequer me veria mais, transpassaria minha alma assombrada com seus olhos de falcão para abraçar, além, uma vista que me escaparia. Sempre soube, e isso não contava. Só contavam seus retornos, e ele sempre voltava e isso me bastava, ser aquela para quem se volta, distraidamente, vagamente — mas seguramente. Se vocês soubessem, compreenderiam... Se soubessem que noites passei, que noites em seus braços, trêmula de excitação, morta de desejo, esmagada por seu peso régio, sua força divina, feliz, tão feliz, como a mulher amorosa no harém, nas noites em que chega sua vez, quando recebe com recolhimento as pérolas de seus olhares — pois vive só para ele, para seus abraços, para sua luz. Talvez ele a considere fria, tímida, infantil; lá fora há outras amantes, tigresas, gatas sensuais, panteras lúbricas, com as quais ruge de prazer, numa libertinagem de roncos, de ginástica erótica, e, quando acaba, ele tem a impressão de ter reinventado o mundo, está inchado de orgulho, inchado de fé em sua virilidade — mas ela goza um gozo mais profundo, um gozo mudo; ela se dá, dá-se inteira, recebe religiosamente, e é no silêncio das igrejas que atinge o pináculo, quase às ocultas, porque só precisa disso: de sua presença, de seus beijos. Ela é feliz.

Então, seus filhos... ela os ama, evidentemente. As alegrias da maternidade e da educação, ela conheceu; e também o horror de ter de criar filhos que o pai não ama, a tortura de vê-los pouco a pouco aprender a odiá-lo por desdenhá-los e abandoná--la... Mas, sobretudo, ela se sente culpada porque os ama menos que a ele, porque não pôde, não quis protegê-los contra aquele que ela esperava com toda a sua energia despertada, sem que restasse lugar para o resto, para eles... Se eu tivesse partido, se tivesse conseguido odiá-lo também, então os teria salvado, então eles teriam sido liberados da masmorra em que os joguei, essa de minha resignação, essa de meu desejo louco por meu próprio carrasco... Eduquei meus filhos para amarem seu torturador... E hoje choro lágrimas de sangue, porque ele está morrendo, porque vai partir...

Lembro-me de nosso esplendor, eu estava de braço dado com você, sorria no ar suave da noite, dentro de meu vestido de seda preta, eu era sua mulher, e todo mundo se virava para nós, com aquele murmúrio, aquele cochicho admirativo diante de nossos passos, que nos acompanhava por todo canto, que nos seguia como uma brisa leve, eternamente... Não morra, não morra... Eu te amo...

A torrada

Rue de Grenelle, o quarto

Era uma viagem para um seminário, numa época em que eu já era reconhecido; convidado pela comunidade francesa de San Francisco, tinha decidido me hospedar na casa de um jornalista francês que morava perto do Pacífico, nos bairros do sudoeste da cidade. Era a primeira manhã, eu estava com uma fome de lobo, e meus anfitriões discutiam, um pouco demais para meu gosto, sobre o lugar aonde me levariam para que eu tomasse o *breakfast* de minha vida. Pela janela aberta avistei, num pequeno prédio com jeito de pré-fabricado melhorado, um cartaz anunciando: John's Ocean Beach Cafe, e resolvi me contentar com ele.

Já a porta me conquistou. Pendurada no alizar por uma cordinha dourada, a tabuleta *open* combinava muito com a maçaneta de cobre rutilante e dava à chegada ao café um ligeiro não sei quê de acolhedor, que me impressionou agradavelmente. Mas, quando entrei na sala, fui transportado. Era aquela a América com que eu sonhara, e contra toda expectativa, desafiando minha certeza de que, lá mesmo, eu revisaria todos os meus clichês, ela era assim mesmo: uma grande sala retangular com mesas de madeira e banquinhos estofados de couro sintético vermelho; nas paredes, fotos de atores, uma imagem tirada de ... *E o vento levou*, com Scarlett e Rhett no barco que os leva a Nova Orleans; um imenso balcão de madeira bem encerado, repleto de manteiga, garrafas de xarope de bordo e vidros de ketchup. Uma garçonete loura, com forte sotaque eslavo, veio em nossa direção segurando a cafeteira; atrás do bar, John, o dono e cozinheiro, com jeito de mafioso italiano, se mexia para grelhar uns hambúrgueres, com o lábio desdenhoso e o olhar desiludido. O interior desmentia o exterior: aqui, tudo não passava de pátina, mobiliário antiquado e odores divinos de fritura. Ah, John! Tomei conhecimento do cardápio, escolhi "Scrambled Eggs with Sausage and John's Special Potatoes" e vi chegar à minha frente, além de uma xícara fumegante de café imbebível, um prato, ou melhor, uma travessa transbordando de ovos mexidos e batatas salteadas com alho, enfeitada com três pequenas salsichas gordurosas e perfumadas, enquanto a linda russa punha ao lado um pratinho menor coberto de torradas com manteiga e um potinho de geleia de mirtilo. Dizem que os americanos são gordos porque comem demais e mal. É verdade, mas não é por isso que devemos incriminar seus pantagruélicos cafés da manhã. Muito pelo contrário, sou inclinado a pensar que um homem precisa disso para enfrentar o dia e que nossas miseráveis primeiras refeições de francês, na apatia mas com um toque de esnobismo que elas demonstram ao evitar o salgado e as salsichas, são ofensas aos requisitos do corpo.

No instante em que mordi a fatia de pão, satisfeito de ter honrado, até a última garfada, meu prato guarnecido, fui tomado por um inexprimível bem-estar. Por que então, na nossa terra, a gente se obstina em só passar manteiga no pão depois que ele foi torrado? Se as duas entidades são submetidas, juntas, às olhadelas do fogo é porque dessa intimidade ao se queimarem elas extraem uma cumplicidade inigualável. Assim, a manteiga, que perdeu sua consistência cremosa, também não é líquido como seria se fosse derretida sozinha, em banho-maria, numa panela. A torrada, da mesma forma, perde sua secura meio triste e se torna uma substância úmida e quente que, nem esponja nem pão mas a meio caminho entre os dois, excita as papilas com sua suavidade recolhida.

É terrível como sinto que estou perto. O pão, o brioche... parece-me que peguei o caminho certo enfim, aquele que conduz à minha verdade. Ou será um extravio a mais, uma pista falsa que me desvia e só me convence para melhor me decepcionar e rir com sarcasmo de minha derrota? Tento outras alternativas. Pôquer.

(Rick)

Rue de Grenelle, o quarto

Pronto, eis-me refestelado como um prelado cansado, ha, ha... Que estilo felino!

Meu nome é Rick. Meu dono é muito propenso a dar nomes de cinema a seus animais domésticos, mas esclareço logo que sou o favorito. Pois é. Houve gatos que desfilaram aqui, alguns infelizmente pouco robustos, logo desaparecidos, outros vítimas de acidentes trágicos (como no ano em que tiveram de consertar a goteira que tinha cedido sob o peso de uma gatinha branca muito simpática chamada Scarlett), outros com longevidade mais afirmada, mas agora só resta eu, eu e meus dezenove anos a arrastar meu papo de bichano para o ar pelos tapetes do Oriente da casa, eu, o preferido, eu, o alter ego do dono, o único, aquele ao qual ele declarou sua chama pensativa, um dia em que eu me esticava em cima de sua última crítica, sobre a escrivaninha, debaixo do grande abajur quente: "Rick", ele me disse triturando maravilhosamente meus pelos do fim da espinha, "Rick, meu preferido, ah, sim, você é um belo gato, lá-rá... com você não me zango, pode até rasgar este papel, jamais me zango com você...

meu belo bichano de bigodes de rufião... de pelo liso... de musculatura de Adônis... de quadris hercúleos... de olhos de opala irisada... sim... meu lindo gato... meu único...".

Por que Rick?, você perguntará. Muitas vezes me fiz a pergunta, mas, como não tenho palavras para formulá-la, ela ficou letra morta até aquela noite de dezembro, há dez anos, em que a pequena senhora ruiva que tomava chá na casa com o Mestre lhe perguntou de onde vinha esse meu nome, acariciando-me suavemente o pescoço (eu gostava muito dessa senhora, que sempre difundia um cheirinho de caça inabitual para uma mulher, quando suas coirmãs estão invariavelmente besuntadas de perfumes pesados e capitosos, sem aquele cheirinho de carne de caça pelo qual o gato [o verdadeiro] reconhece sua felicidade). Ele respondeu: "Vem do personagem de Rick em *Casablanca*, é um homem que sabe renunciar a uma mulher porque prefere sua liberdade". Senti direitinho que ela se retesou um pouco. Mas apreciei, também, aquela aura de sedutor viril com que o Mestre me gratificava com sua resposta insolente.

Claro, hoje não se trata mais disso. Hoje, o Mestre vai morrer. Eu sei, ouvi Chabrot dizer a ele, e, quando Chabrot foi embora, o Mestre me pegou no colo, olhou nos meus olhos (meus pobres olhos cansados deviam de fato estar uma lástima, e não é porque os gatos não choram que não sabem expressar tristeza) e disse, com pena: "Jamais escute os médicos, tesouro". Mas vejo muito bem que é o fim. O dele e o meu, porque sempre soube que precisávamos morrer juntos. E, enquanto sua mão direita agora repousa sobre meu rabo dócil e vigio minhas patinhas sobre o edredom fofo, eu me lembro.

Era sempre assim. Eu ouvia seu passo rápido nas pedras da entrada e, logo em seguida, ele subindo dois a dois os degraus da escada. No mesmo instante eu pulava sobre minhas patas de veludo, fugia prontamente para o hall e, em cima do kilim meio ocre, entre o porta-mantô e o console de mármore, esperava-o, comportado.

Ele abria a porta, tirava o capote, o suspendia com um gesto seco, me via enfim e se inclinava para me acariciar, sorrindo. Anna chegava bem depressa, mas ele não erguia os olhos para ela, continuava a me tocar, a me afagar gentilmente: "Esse gato não emagreceu, Anna?", perguntava com uma ponta de inquietação na voz. "Que nada, meu amigo, que nada." Eu o seguia até o escritório, executava seu número preferido (encolher, pular e, sem barulho, com a maleabilidade do couro, aterrissar sobre a pasta de pelica). "Ah, meu gato, mas venha aqui, venha me contar o que aconteceu durante todo esse tempo... ande... tenho um trabalho desgraçado para fazer... mas você está pouco ligando e tem toda a razão... ah, a barriguinha sedosa... vamos, deite-se aí que eu vou trabalhar..."

Não haverá mais a caneta esfregando regularmente a folha branca, não haverá mais aquelas tardes de chuva batendo na vidraça em que, no conforto abafado de seu escritório impenetrável, eu me enlanguescia perto dele e, fielmente, acompanhava a gestação de sua obra grandiosa. Nunca mais.

O uísque

Rue de Grenelle, o quarto

Vovô fez a guerra com ele. Desde essa época memorável, não tinham mais muito para se dizer, mas ela selara entre os dois uma amizade indefectível que não terminou nem mesmo com a morte de meu avô, pois Gaston Bienheureux — era o nome dele — continuou a visitar a viúva enquanto ela viveu e teve até a delicadeza muda de morrer algumas semanas depois dela, com o dever cumprido.

Às vezes, vinha a Paris, a negócios, e não deixava de ir à casa de seu amigo, com um caixotinho de sua última safra. Mas duas vezes por ano, na Páscoa e no feriado de Todos os Santos, era vovô que "descia" para a Borgonha, sozinho, sem a mulher, para três dias que se supunha que fossem de muita bebida e dos quais voltava falando pouco, dignando-se mal e mal de indicar que tinham "conversado bastante".

Quando fiz quinze anos, levou-me com ele. A Borgonha é famosa sobretudo por seus vinhos da "Côte", essa estreita trilha verdejante que se estende de Dijon a Beaune e concentra uma impressionante paleta de nomes prestigiosos: Gevrey-Chambertin, Nuits-Saint-Georges, Aloxe-Corton, e também, mais ao sul, Pommard, Monthélie, Meursault, quase exilados nas fronteiras do condado. Gaston Bienheureux não invejava esses abastados. Em Irancy nascera, em Irancy vivia, em Irancy morreria. Nessa pequena aldeia do Yonne, escondida na farândola de suas colinas e inteiramente dedicada à uva que desabrocha em seu solo generoso, ninguém tem ciúme dos longínquos vizinhos, pois o néctar ali produzido amorosamente não busca a competição. Conhece suas forças, tem seu valor: não precisa de mais nada para perdurar na existência.

Em matéria de vinho os franceses costumam ser de um formalismo que beira o ridículo. Meu pai me levara, alguns meses antes, para visitar as adegas do Château de Meursault: quanto fausto! Os arcos e as abóbadas, a pompa das etiquetas, o brilho acobreado dos suportes das garrafas, o cristal dos copos constituíam argumentos para o valor do vinho, mas também obstáculos para meu prazer de prová-lo. Perturbado por essas intrusões luxuosas na decoração e no decoro, eu não conseguia distinguir se era o líquido ou o que o cercava que vinha aguilhoar minha língua com seu dardo suntuário. A bem da verdade, eu ainda não era muito sensível aos encantos do vinho; mas, muito consciente de que todo homem de bem deve apreciar sua degustação diária, não confessava isso a ninguém, na esperança de que as coisas acabassem por pegar o caminho certo, já que eu só retirava do exercício satisfações um tanto medíocres. Desde então, naturalmente, fui iniciado na confraria do vinho, compreendi e depois revelei aos outros o corpo poderoso que pulsa na boca e a submerge com um buquê de tanino que decuplica seu sabor. Mas na época, muito verde para me comparar a ele, eu o bebia com um pouco de reticência, esperando impacientemente que afinal me comunicasse seus talentos confirmados. Assim, deliciava-me menos com o favor que vovô me fazia das promessas alcoólicas encerradas no vinho e mais com o prazer de estar em sua companhia e descobrir um interior campestre que eu não conhecia.

Já a região me agradou, mas também a adega de Gaston, sem embelezamentos, uma simples e grande adega úmida de chão de terra batida e paredes de argamassa. Nem abóbadas nem ogivas; tampouco algum castelo para receber o cliente, só uma bonita casa borguinhona, florida por polidez e discreta por vocação; alguns copos de pé alto, ordinários, em cima de um tonel, na entrada da adega. Foi ali que, mal descemos do carro, começamos a degustação.

E dá-lhe conversa, dá-lhe conversa. Copo atrás de copo, ao sabor das garrafas que o viticultor abria umas após as outras e no desprezo das cuspideiras dispostas no local para os que queriam provar sem receio de se embriagar, eles bebiam metodicamente, acompanhando a repetição puramente fática das lembranças sem dúvida imaginárias com um consumo impressionante. Eu já não estava nada intrépido quando Gaston, que até então só prestara atenção em mim distraidamente, me olhou de um jeito mais cáustico e disse ao meu avô: "Esse pirralho não gosta de vinho, não é?". Eu estava alto demais para clamar minha inocência. E além disso, aquele homem, com a calça de trabalho, os largos suspensórios pretos, camisa de xadrez vermelho tão colorida quanto seu nariz e suas bochechas, e a boina preta, me agradava um bocado, e eu não tinha vontade de mentir para ele. Não protestei.

Todo homem é, de certa forma, senhor em seu castelo. O mais rude camponês, o mais inculto viticultor, o mais miserável empregado, o mais lastimável comerciante, o mais pária entre os párias de todos os que já foram desde sempre excluídos da consideração social e desprezados, o mais simples dos homens, pois, possui sempre diante de si o gênio próprio que lhe conferirá sua hora de glória. A *fortiori* Gaston, que não era um pária. Esse simples trabalhador, negociante próspero, decerto, mas antes de tudo camponês recluso em seus arpentos de vinhedo, tornou-se num instante para mim um príncipe entre os príncipes, porque em toda atividade, nobre ou depreciada, sempre há lugar para uma fulguração de onipotência.

"Você não deveria lhe ensinar a vida, Albert?", perguntou. "Será que o menino estaria pronto para um ataque ao PMG?" E meu avô riu suavemente. "Sabe, meu rapaz", Gaston recomeçou, estimulado pela perspectiva iminente de participar de minha educação, "tudo o que você bebeu hoje é coisa boa, é coisa verdadeira. Mas o viticultor não vende tudo, guarda para si também, para a sede, não para o comércio (sua cara bonachona fendia-se de orelha a orelha por um sorriso de raposa matreira), como você pode imaginar. Então, num canto ele guarda o PMG, 'pra minha goela'. E, quando está com companhia, com boa companhia, quero dizer, pois bem, ataca seu PMG." Largou de repente a degustação já bem adiantada. "Venha cá, ande, venha", repetiu impaciente, enquanto a muito custo eu ia andando. Com os olhos meio torvos, a língua pastosa pelos efeitos do álcool, segui-o para o fundo da adega e, embora tremendamente interessado nesse novo conceito, o PMG, que me abria horizontes inéditos para o padrão de vida dos fidalgos de bom gosto, eu antecipava uma nova gluglutação de vinho que não deixava de me afligir um pouco. "Como você ainda é meio criança para as coisas sérias", ele recomeçou diante de um armário fortaleza equipado com um enorme cadeado, "e com os pais que tem também não deve esperar muito (devagarinho, dirigiu ao meu avô um olhar armado de subentendidos — Albert não deu um pio), tenho para mim que deve limpar a serpentina com alguma coisa mais adstringente. O que vou tirar para você de lá de trás dos feixes, aposto, você nunca bebeu. É do bom. Será um batismo. E aí eu digo: será realmente uma educação."

Extirpou de um bolso sem fundo um molho de chaves muito grande, introduziu uma delas na gigantesca fechadura, girou-a. A cara do vovô ficou subitamente mais grave. Alertado por aquela repentina solenidade, eu fungava nervoso, endireitei a espinha amolecida pela bebida e esperei, um tanto preocupado, até Gaston, muito importante, retirar do cofre-forte uma garrafa cingida de preto que não era vinho, e um copo achatado, largo e sem enfeites.

O PMG. Ele mandava vir seu uísque da Escócia, de uma das melhores destilarias do país. O dono era um sujeito que conhecera na Normandia, logo depois da guerra, e com quem descobrira imediatamente que eram a corda e a caçamba em matéria de líquidos de teor alcoólico. Todo ano uma caixa do precioso uísque se juntava às poucas garrafas postas à sombra para seu uso pessoal. E, de bacelos em turfa, de rubis em âmbar e de álcool em álcool, conciliava os dois no antes e no durante as refeições que ele mesmo qualificava de fundamentalmente europeias.

"Eu vendo as coisas boas, as melhores são para o meu bico." Pelo tratamento que reservava a essas poucas sobreviventes das vindimas e ao uísque do amigo Mark (aos convidados usuais servia um excelente uísque comprado na região mas que era, em comparação com o do escocês, aquilo que o tomate em conserva é para seu colega das hortas), ele cresceu de vez na minha estima de adolescente, que já suputava que a grandeza e a maestria se medem pelas exceções e não pelas leis, ainda que estas sejam as dos reis. Para mim, aquela pequena adega pessoal acabava de fazer de Gaston Bienheureux um artista em potencial. Jamais deixei de desconfiar, mais tarde, que todos os donos de restaurantes onde jantei só exibiam nas mesas as obras menores de sua indústria e reservavam para si, no segredo de suas alcovas culinárias, vitualhas panteônicas inacessíveis ao comum dos mortais. Mas por ora essas considerações filosóficas não estavam na ordem do dia. Eu fixava concentradamente o líquido castanho avermelhado escassamente despejado e, cheio de apreensão, procurava no fundo de mim mesmo a coragem de enfrentá-lo.

Já o cheiro desconhecido me perturbou acima de todo o possível. Que formidável agressão, que explosão musculosa, abrupta, seca e frutada ao mesmo tempo, como uma descarga de adrenalina que tivesse desertado dos tecidos, onde em geral se compraz, para se vaporizar na superfície do nariz, como um condensado gasoso de falésias sensoriais... Perplexo, descobri que aquele cheiro de fermentação incisiva me agradava.

Qual uma marquesa etérea, molhei com cautela meus lábios no magma turfoso e... ó violência do efeito! É uma deflagração de pimenta e de elementos furiosos que detona de repente na boca; os órgãos já não existem, não há mais palato, nem bochechas, nem mucosas: só a sensação devastadora de que uma guerra telúrica se trava dentro de nós. Radiante, deixei que o primeiro gole ficasse um instante em minha língua, e ondulações concêntricas continuaram a atormentá-la ainda por um bom momento. É o primeiro modo de beber uísque: sorvendo-o furiosamente, para aspirar seu gosto áspero e irrecorrível. Em compensação, o segundo gole adveio na precipitação; mal o engoli, foi com atraso que aqueceu meu plexo solar — mas que aquecimento! Nesse gesto estereotipado do bebedor de aguardentes fortes, que absorve de uma só vez o objeto de sua cobiça, espera um instante, depois fecha os olhos sob o choque e exala um suspiro de felicidade e comoção misturadas, situa-se o segundo modo de beber uísque, com essa quase insensibilidade das papilas, pois o álcool apenas transita pela garganta, e essa perfeita sensibilidade do plexo subitamente invadido pelo calor como por uma bomba de plasma etílico. Tudo aquece, reaquece, desencrespa, desperta, faz bem. É um sol que, com bem-aventuradas irradiações, dá segurança ao corpo com sua presença radiante.

Foi assim que, no coração da Borgonha vinícola, tomei meu primeiro uísque e experimentei pela primeira vez seu poder de despertar os mortos. Ironia das coisas: que o próprio Gaston me tenha feito descobri-lo deveria ter me posto na pista de meus ardores verdadeiros. Durante toda a minha carreira só o considerei uma bebida que, embora deliciosa, situava-se no segundo plano, e só ao ouro do vinho outorguei os elogios e profecias mais capitais de minha obra. Infelizmente... só hoje o reconheço: o vinho é a joia requintada que as mulheres preferem aos strass brilhantes admirados pelas garotinhas; aprendi a amar o que vale a pena, mas não me preocupei em entreter aquilo que uma paixão imediata isentava de qualquer obrigação de educação. Só gosto de verdade da cerveja e do uísque — apesar de reconhecer que o vinho é divino. E, já que está escrito que hoje será apenas uma longa sequência de contrições, aqui faço mais uma: ó uísque mefistofélico, amei-te desde a primeira talagada, te traí desde a segunda — mas jamais encontrei, na opressão de sabores que minha posição me impunha, tamanha expansão nuclear que transportasse de felicidade o maxilar...

Desolação: assedio meu sabor perdido na cidade errada... Nem vento, nem charneca em matagal deserto, nem lagos profundos e muros de pedra escura. Faltam a tudo isso mansuetude, amenidade, moderação. Gelo, e não fogo: estou acuado no beco errado.

(Laure)
Nice

Somos bem pouca coisa, e minha amiga, a rosa, me disse isso de manhã... Meu Deus, como essa música é triste... como eu mesma estou triste... e cansada, tão cansada...

Nasci numa velha família da França em que os valores são hoje o que sempre foram. De uma rigidez de granito. Jamais teria me passado pela cabeça que fosse possível questioná-los; uma juventude idiota e antiquada, um pouco romântica, um pouco diáfana, a esperar o Príncipe Encantado e a exibir meu perfil de camafeu ao sabor das ocasiões mundanas. E depois me casei, e com toda a naturalidade se deu a passagem da tutela de meus pais à de meu marido, e as esperanças frustradas, e a insignificância de minha vida de mulher mantida na infância, dedicada ao bridge e às recepções, numa ociosidade que nem sequer conhecia seu nome.

Então o encontrei. Eu ainda era jovem, e bonita, um bichinho gracioso, uma presa fácil demais. Excitação da clandestinidade, adrenalina do adultério, febre do sexo proibido: eu tinha encontrado meu Príncipe, turbinado minha vida, no sofá eu bancava as beldades lânguidas, deixava-o admirar minha beleza longilínea e distinta, eu era enfim, eu existia e, em seu olhar, tornava-me deusa, tornava-me Vênus.

Claro, ele estava pouco ligando para uma garotinha sentimental. O que para mim era transgressão para ele era só divertimento fútil, distração encantadora. A indiferença é mais cruel que o ódio; do não ser eu vinha, ao não ser eu voltava. A meu marido lúgubre, à minha frivolidade pálida, a meu erotismo de bobinha, a meus pensamentos vazios de idiota graciosa: à minha cruz, a meu Waterloo.

Que ele morra, ora.

O sorvete

Rue de Grenelle, o quarto

O que eu apreciava na Marquet era sua generosidade. Sem procurar a todo custo a inovação ali onde tantos grandes chefs temem ser tachados de imobilismo, mas também sem se deleitar com suas realizações presentes, ela só trabalhava sem parar porque, no fim das contas, era sua natureza e porque gostava disso. Assim, no seu restaurante era possível tanto brincar com uma carta eternamente adolescente como pedir um prato dos anos anteriores, que ela executava com a boa vontade de uma prima-dona adulada a quem se suplica que cante de novo uma das árias que fizeram sua fama.

Havia vinte anos que eu fazia a festa em seu restaurante. De todos os grandes que tive o privilégio de frequentar na intimidade, ela foi a única a encarnar meu ideal de perfeição criativa. Nunca me decepcionou; seus pratos, sempre, me desconcertavam até o sangue, até o ataque, talvez justamente porque, com ela, essa soltura e essa originalidade numa comida eternamente inventiva eram naturais.

Naquela noite de julho me instalei em *minha* mesa, do lado de fora, superexcitado como as crianças travessas. O Marne, a meus pés, marulhava suavemente. A pedra branca do velho moinho restaurado, entre a terra e o rio, gangrenada em alguns pontos por um musgo verde-claro que se insinuava na menor fissura, brilhava com suavidade na escuridão nascente. Dali a pouco iam acender a luz dos terraços. Sempre apreciei os campos férteis, onde um rio, uma nascente, uma torrente correndo pela pradaria conferem aos lugares a serenidade das atmosferas uliginárias. Uma casa na beira da água: é a quietude cristalina, é a atração da água que dorme, é a indiferença mineral da cascata, logo chegando, logo partindo, que relativiza incontinente as preocupações do ser humano. Mas naquele dia, incapaz de saborear os encantos do local, eu estava quase hermético e esperava, com moderada paciência, a chegada da dona do lugar. Ela não tardou.

"Pois é", disse-lhe eu, "esta noite gostaria de uma ceia um pouco especial." E enumerei meus desejos.

Cardápio. 1982. Royal *de ouriço ao Sanshô, lombo, rins e fígado de láparo com burgaus. Pãozinho de trigo-negro.* 1979: *Batatas* macaire *e agria ao bacalhau; molusco violeta do Midi, ostras gordas Gillardeau e foie gras grelhado. Caldo de cavala engrossado com alho-poró.* 1989: *Posta alta de rodovalho cozido na panela com ervas aromáticas; deglaçagem na sidra caseira. Quartos de peras* comices *ao verde dos pepinos.* 1996: Pastis *de pombo Gauthier ao macis, frutas secas e foie gras com rabanetes.* 1988: *Madeleines com favas-tonca.*

Era um florilégio. Aquilo que anos de ardor culinário haviam originado em matéria de blandícias intemporais, eu reunia numa só fornada de eternidade, extraindo da massa disforme dos pratos acumulados as poucas pepitas verdadeiras, pérolas contíguas de um colar de deusa, que fariam dela uma obra lendária.

Um momento de triunfo. Ela me observou de relance, espantada, até *compreender*; baixou os olhos para meu prato ainda vazio; depois, devagar, fixando-me com um olhar ó quão apreciador, elogioso, admirativo e respeitoso ao mesmo tempo, balançou a cabeça e franziu os lábios num muxoxo de deferente homenagem. "Mas claro, claro", disse, "é evidente..."

Naturalmente, foi uma festança de antologia, e, quem sabe, a única vez de nossa longa coabitação de gastrônomos que nos sentimos realmente unidos no fervor de uma refeição, nem crítico nem cozinheira, apenas conhecedores de alta categoria partilhando a fidelidade a uma idêntica afeição. Mas, embora essa lembrança de grande linhagem seja uma lisonja, entre todas, à minha autossuficiência de criador, não foi por isso que a fiz emergir das brumas de minha inconsciência.

Madeleines com favas-tonca ou a arte do atalho grosseiro! Seria insultante acreditar que uma sobremesa no restaurante de Marquet se contentasse em deitar no prato umas hécticas madeleines embelezadas por uma chuva de favas. O doce é mero pretexto, o de um salmo açucarado, meloso, mole e coberto, em que, na loucura dos pães de ló, dos cristalizados, das glaçagens, dos crepes, do chocolate, dos zabaiones, das frutas vermelhas, dos sorvetes e *sorbets*, desdobrava-se uma declinação progressiva de quentes e frios por onde minha língua de especialista, estalando de compulsiva satisfação, dançava a giga endiabrada dos bailes de grande júbilo. Os sorvetes e os *sorbets*, em especial, contavam com toda a minha simpatia. Adoro sorvetes: cremes gelados saturados de leite, gordura, sabores artificiais, pedaços de frutas, grãos de café, rum, *gelati* italianos com solidez de veludo e escadas de baunilha, morango ou chocolate, taças geladas desabando sob o chantilly, o pêssego, as amêndoas e as caldas de todo tipo, simples picolés com cobertura crocante, fina e tenaz ao mesmo tempo, que se degustam na rua, entre um encontro e outro, ou de noite, no verão, diante da TV, quando então parece claro que só assim, e não de outra maneira, é que sentiremos um pouco menos calor, um pouco menos sede, e os *sorbets*, por fim, sínteses bem-sucedidas de gelo e fruta, refrescos robustos que se desfazem na boca numa torrente de geleira. Justamente, o prato que tinham posto na minha frente reunia alguns deles, confeccionados por ela, um de tomate, o outro, clássico, de frutas e bagas silvestres, e um terceiro, enfim, de laranja.

Já na simples palavra *sorbet* todo um mundo se encarna. Faça o exercício de pronunciar em voz alta: "Quer sorvete?", depois encadeie imediatamente: "Quer um *sorbet*?", e perceba a diferença. É um pouco como quando dizemos, abrindo a porta, um displicente: "Vou comprar uns doces", quando poderíamos muito bem ter nos saído, sem desenvoltura nem banalidade, com um pequeno: "Vou buscar umas pâtisseries" (separar bem as sílabas: não "pâtisseries", mas "pâ-tis-*se*-ries") e, pela magia de uma expressão um pouco mais antiquada, um pouco mais preciosa, criar, com menos despesas, um mundo de harmonias fora de moda. Assim, propor "*sorbets*" ali onde outros só sonham com "sorvetes" (entre os quais volta e meia o profano inclui as preparações à base tanto de leite como de água) já é fazer a opção pela leveza, é escolher o requinte, é propor uma visão aérea que recusa a pesada marcha terrestre em horizonte fechado. Aérea, sim; o *sorbet* é aéreo, quase imaterial, apenas faz um pouco de espuma em contato com nosso calor e depois, vencido, espremido, liquefeito, se evapora na garganta e só deixa na língua a reminiscência encantadora da fruta e da água que correram por ali.

Portanto, ataquei o *sorbet* de laranja, provei-o como homem experiente, seguro do que ia desentocar mas, apesar de tudo, atento às sensações sempre variáveis. E, depois, alguma coisa me deteve. Eu bebera outras águas geladas na tranquilidade de espírito de quem conhece seu negócio. Mas aquela ali, de laranja, diferenciava-se de todas as outras por seu granulado extravagante, por sua aquosidade excessiva, como se apenas se tivesse enchido um pequeno recipiente com um pouco de água e uma laranja espremida que, postas no frio durante o tempo regulamentar, tivessem produzido gelos perfumados, rugosos como é qualquer líquido impuro que pomos para congelar e que lembra fortemente o gosto da neve triturada, granulosa, que bebíamos em criança, diretamente com as mãos, nos dias de céu frio em que brincávamos lá fora. Assim também decidia minha avó, no verão, quando fazia tanto calor que, às vezes, eu encastrava a cabeça na porta da geladeira e ela, suando e xingando, torcia sobre o pescoço panos de prato grandes pingando, que também serviam para matar algumas moscas preguiçosas aglutinadas ali onde não deviam. Quando o gelo se formava, ela virava o recipiente, sacudia-o vigorosamente sobre uma taça, triturava o bloco alaranjado e nos servia com uma concha, nos copos volumosos que pegávamos como relíquias sagradas. E percebi que, enfim, eu só tinha me banqueteado para isso: para chegar àquele *sorbet* de laranja, àquelas estalactites da infância, para sentir, naquela noite entre todas, o valor e a verdade de meus afetos gastronômicos.

Mais tarde, na penumbra, perguntei a Marquet, sussurrando: "Como você faz o *sorbet*, o *sorbet* de laranja?"

Ela se virou um pouco no travesseiro, mechas leves se enrolaram em meu ombro.

"Como minha avó", respondeu-me com um sorriso deslumbrante.

Estou quase. O fogo... o sorvete... o creme!

(Marquet)

Restaurante Marquet, arredores de Meaux

Não há dúvida, era um belo safado. Terá nos consumido, a mim e minha cozinha, com a petulância de um rústico qualquer, como se fosse natural que Marquet fizesse a reverência oferecendo seus pratos e suas nádegas desde a primeira visita... Um belo safado, mas passamos bons momentos juntos, e isso ele não tirará de mim, pois me pertence, definitivamente, ter tido o júbilo do diálogo com um verdadeiro gênio da gastronomia, ter gozado com um amante excepcional e permanecido, mesmo assim, uma mulher livre, uma mulher orgulhosa...

Não digo: se ele fosse livre, e se fosse homem de fazer de uma mulher algo além de uma cocote disponível a qualquer hora — sim, não digo... Mas não teria sido o mesmo homem, não é?

A maionese

Rue de Grenelle, o quarto

Não há nada mais delicioso do que ver a ordem do mundo se dobrar à ordem de nossos desejos. É uma licença inacreditável investir um templo da cozinha na felicidade sem freio de poder degustar todos os pratos ali servidos. Arrepio disfarçado quando o maître se aproxima a passos surdos; seu olhar impessoal, compromisso frágil mas bem executado entre o respeito e a discrição, é uma homenagem ao seu capital social. Você não é ninguém, porque é alguém; aqui, ninguém o espiará, ninguém o avaliará. Que você tenha conseguido penetrar nesse local é garantia suficiente de legitimidade. Coração discretamente acelerado quando você abre o cardápio de velino granulado, adamascado como os guardanapos de antigamente. Atordoamento sabiamente dosado ao vasculhá-lo pela primeira vez às cegas, entre os murmúrios dos pratos. O olhar desliza, recusa por algum tempo deixar-se agarrar por um poema determinado, pega no voo apenas uns fragmentos voluptuosos, debate-se na riqueza luxuosa de palavras colhidas ao acaso. Alcatra de vitela de leite... cassata de pistache... posta de tamboril com scampi... peixe *galinette* de espinel... ao natural...

gelatina âmbar de berinjelas... temperadas com mostarda *cramone*... *confit* de echalotas... *marinière* de robalo pochê... zabaione gelado... com mosto de uva... lagosta azul... peito de pato Pequim... Enfim, início de êxtase quando a magia opera por si só e afunda a atenção numa linha específica:

> *Peito de pato Pequim esfregado com bérbere e assado na* sauteuse; crumble *de pomelo da Jamaica e* confit *de echalotas.*

Você reprime uma salivação intempestiva, sua força de concentração chegou ao auge. Você está em posse da nota dominante da sinfonia.

Não é tanto o pato, a bérbere e o pomelo que eletrizaram você, embora envolvam o anúncio do prato de uma tonalidade ensolarada, condimentada e açucarada e, na gama cromática, o dispersem em algum ponto entre o bronze, o ouro e a amêndoa. Mas o *confit* de echalotas, aromáticas e macias, dardejando sobre sua língua ainda nua o sabor antecipado do gengibre fresco, da cebola marinada e do almíscar misturados, surpreendeu, pela finura e prodigalidade, o seu desejo, que não pedia outra coisa. No entanto, ele sozinho não teria sido decisivo. Ainda será necessária a poesia incomparável desse "assado na *sauteuse*", evocando numa cascata olfativa o perfume das aves grelhadas ao ar livre nas feiras de gado, a algazarra sensorial dos mercados chineses, o irresistível crocante-macio da carne salteada, firme e suculenta dentro de seu invólucro que estala nos dentes, o mistério familiar dessa frigideira de saltear, nem espeto nem grelha, que embala o pato sendo cozido, será preciso tudo isso para você decidir, conjugando odor e gosto, a escolha desse dia. Só lhe resta fazer variações em torno do tema.

Quantas vezes me atirei assim num cardápio como nos atiramos no desconhecido? Seria inútil querer estabelecer a contabilidade. Todas as vezes senti um prazer intacto. Mas nunca tão agudo quanto nesse dia em que, na cozinha do chef Lessière, no santuário da exploração gastronômica, desprezei um cardápio atordoante de delícias para me regalar no estupro de uma simples maionese.

Eu enfiara meu dedo na maionese, displicente, de passagem, como quem deixa correr a mão na água fresca ao ritmo de um barco à deriva. Conversávamos os dois sobre seu novo cardápio, à tarde, quando se desfizera a onda dos comensais, e em sua cozinha eu me sentia como na de minha avó: um estrangeiro familiar introduzido no harém. Fui surpreendido pelo que provei. Era mesmo uma maionese, e justamente aquilo me perturbava; ovelha desgarrada no rebanho dos leões, o condimento tradicional fazia ali papel de arcaísmo disparatado. "O que é?", perguntei, entendendo por isso: como uma simples maionese de dona de casa veio parar *aqui*? "Ora, é uma maionese", ele me respondeu, rindo, "não me diga que não sabe o que é uma maionese." "Uma maionese assim, bem simples?" Eu estava quase comovido. "É, bem simples. Não conheço melhor maneira de fazê-la. Um ovo, óleo, sal e pimenta." Insisti. "E o que ela vai acompanhar?" Ele me olhou com atenção. "Vou lhe dizer", respondeu devagar, "vou lhe dizer o que ela vai acompanhar." E, pedindo a um moço da cozinha que levasse para ele legumes e um assado frio de porco, logo se dedicou à tarefa de descascar os primeiros.

Eu tinha esquecido, eu tinha esquecido isso, e ele, cuja qualidade de mestre de obras e não de crítico obrigava a jamais esquecer aquilo que se chama, erradamente, de "bases" da cozinha e que, melhor dizendo, constitui sua viga mestra, encarregava-se de me lembrar, numa lição um pouco desdenhosa que ele me dava de favor, pois os críticos e os chefs são como os panos de prato e os guardanapos; completam-se, frequentam-se, trabalham juntos, mas, no fundo, não se gostam.

Cenouras, salsão, pepinos, tomates, pimentões, rabanetes, couve-flor e brócolis: ele os cortara no sentido do comprimento, ao menos no caso dos legumes que se prestavam a isso, isto é, todos exceto os dois últimos, que, em florzinhas, podiam, porém, ser pegos pela haste, um pouco como pegamos o guarda-mão de uma espada. Com isso, algumas fatias finas de um assado de porco ao natural, frio e suculento. Começamos os mergulhos.

Jamais conseguirão me tirar da mente que legumes crus com maionese têm algo de fundamentalmente sexual. A dureza do legume se insinua na untuosidade do creme; não há, como em diversas preparações, química pela qual cada um dos dois alimentos perde um pouco de sua natureza para se casar com a do outro, e, assim como o pão e a manteiga, tornar-se na osmose uma nova e maravilhosa substância. Ali, a maionese e os legumes permanecem perenes, idênticos a si mesmos mas, como no ato carnal, enlouquecidos por estarem juntos. Quanto à carne, tem um ganho extra; é que seus tecidos são friáveis, despedaçam-se sob os dentes e se enchem do condimento, de tal modo que aquilo que mastigamos assim, sem falso pudor, é um coração de firmeza aspergido de aveludado. A isso se soma a delicadeza de um sabor sempre igual, pois a maionese não comporta nada picante, nenhuma pimenta e, como a água, surpreende a boca com sua neutralidade afável; e, depois, os matizes requintados da ronda dos legumes: o picante insolente do rabanete e da couve-flor, o doce aguado do tomate, a acidez discreta dos brócolis, a generosidade da cenoura na boca, o anis crocante do salsão... é uma delícia.

Mas, no momento em que me lembro dessa comida disparatada, como um piquenique veranil na entrada de um bosque, num desses dias perfeitos em que o sol brilha, a brisa sopra e o lugar-comum se regozija, uma nova lembrança se superpõe à minha rememoração e, súbita iluminação vindo conceder à minha memória a profundeza da autenticidade, faz se erguer em meu coração um furacão de emoções, como bolhas de ar que se comprimem e vão para a superfície da água, onde, liberadas, estouram num concerto de bravos. Pois minha mãe, que, como já disse, era uma cozinheira deplorável, também nos servia, e com frequência, maionese, mas uma maionese que comprava pronta, no supermercado, dentro de um vidro, e que, apesar dessa ofensa feita ao verdadeiro gosto, não deixava de induzir em mim uma inenarrável preferência. É que a maionese embalada, que deve abrir mão do toque artesanal e gostoso reivindicado pela maionese pura, apresenta uma característica que esta desconhece; o melhor dos cozinheiros deve, cedo ou tarde, render-se à triste evidência: mesmo o condimento mais homogêneo e untuoso logo se desagrega um pouco, desfaz-se suavemente, ah, pouco, muito pouco, mas ainda assim o bastante para que a consistência do creme se agrave com um levíssimo contraste e deva desistir, microscopicamente, de permanecer o que era no início: lisa, lisa, absolutamente lisa, enquanto a maionese de supermercado escapa a qualquer viscosidade. Não tem grão, não tem elementos, não tem partes, e era isso que eu adorava, esse gosto de nada, essa matéria sem arestas, sem pontos de apoio por onde cercá-la, e que escorregava por minha língua com a fluidez do solúvel.

Sim, é isso, é quase isso. Entre o peito de pato Pequim e a pomada em conserva, entre o antro de um gênio e as seções da mercearia, escolho os segundos, escolho o pequeno supermercado horroroso onde se guardavam, em fileiras sombrias e uniformes, os culpados por meu deleite. O supermercado... É curioso como isso remexe em mim uma onda de afetos... Sim, talvez... talvez...

(Paul)

Rue de Grenelle, o corredor

Que desperdício.

Ele terá esmagado tudo em sua passagem. Tudo. Os filhos, a mulher, as amantes, até sua obra, a qual no momento derradeiro ele renega numa súplica que ele mesmo não entende mas que vale uma condenação de sua ciência, denúncia de seus compromissos e que ele dirige a nós, como um mendigo, como um maltrapilho à beira da estrada, privado de uma vida que tenha sentido, separado de sua própria compreensão — infeliz, enfim, por saber, nesse instante entre todos, que perseguiu uma quimera e pregou a má palavra. Um prato... O que você pensa, velho louco, o que pensa? Que num sabor reencontrado vai apagar decênios de mal-entendidos e encontrar-se perante uma verdade que resgatará a aridez de seu coração de pedra? No entanto, ele possuía todas as armas que fazem os grandes espadachins: uma pluma, um espírito, topete, brio! Sua prosa... sua prosa era um néctar, era ambrosia, um hino à língua, eu sempre ficava com as tripas retorcidas, e pouco importava que ele falasse de comida ou outra coisa, engana-se quem pensa que o objeto contava:

era a forma de dizê-lo que irradiava. A comezaina era pretexto, talvez até uma escapatória para fugir daquilo a que seu talento de ourives poderia dar origem: o exato temor de suas emoções, a dureza e os sofrimentos, o fracasso enfim... E assim, quando poderia com seu gênio ter dissecado para a posteridade e para si próprio os diversos sentimentos que o agitavam, perdeu-se nos caminhos menores, convencido de que era preciso contar o acessório e não o essencial. Que desperdício... Que desgosto...

Em mim mesmo, obnubilado por seus sucessos fáceis, ele não via o que era verdadeiro. Nem o contraste impressionante entre minhas ambições de rapaz impetuoso e a vida de burguês tranquilo que levo a contragosto; nem minha propensão tenaz para embaralhar o diálogo, dissimular sob um cinismo pomposo minhas inibições de criança triste, representar a seu lado uma comédia que, embora brilhante, era uma ilusão. Paul, o sobrinho pródigo, o menino querido, querido por ousar recusar, ousar infringir as leis do tirano, ousar dizer em alto e bom som aquilo que todos cochicham diante de você: mas, velho louco, mesmo o mais turbulento, o mais violento, o mais contestatário dos filhos só o é por autorização expressa do pai, e também é o pai que, por uma razão que ele mesmo desconhece, *precisa* desse agitador, dessa espinha cravada no coração do lar, dessa ilha de oposição, enfim, por meio da qual são desmentidas todas as categorias demasiado simples da vontade e do caráter. Só fui sua alma-danada porque você assim quis, e que rapaz sensato conseguiria resistir a essa tentação, a de se tornar o ator secundário lisonjeado por um demiurgo universal, endossando o papel de oponente que o outro escrevera especialmente para ele? Velho louco, velho louco... Você despreza Jean, me põe nas nuvens, e, no entanto, nós dois somos apenas os produtos de seu desejo, com a única diferença de que Jean morre por causa disso, ao passo que eu, eu gozo com isso.

* * *

Mas é tarde demais, tarde demais para dizer a verdade, para salvar o que poderia ser salvo. Não sou suficientemente católico para acreditar nas conversões, menos ainda de último minuto, e, como expiação, viverei com o peso de minha covardia, essa de ter representado o que eu não era, até que também para mim a morte chegue.

Mesmo assim, falarei com Jean.

A iluminação

Rue de Grenelle, o quarto

Então, de repente, me lembro. Lágrimas brotam em meus olhos. Murmuro freneticamente umas palavras incompreensíveis para as pessoas ao meu redor, choro, rio ao mesmo tempo, levanto os braços e com as mãos traço convulsamente uns círculos. Em volta as pessoas se agitam, se inquietam. Sei que, no fundo, devo estar parecendo aquilo que sou: um homem maduro na agonia, que recaiu na infância no limite de sua vida. À custa de um esforço dantesco consigo dominar provisoriamente minha excitação — luta de titã contra meu próprio júbilo, porque devo absolutamente me fazer entender.

"Meu... querido... Paul", consigo articular a duras penas, "meu... querido... Paul... faça... alguma... coisa... por... mim."

Ele se debruça, seu nariz quase toca o meu, suas sobrancelhas torturadas de ansiedade desenham um motivo admirável em volta de seus olhos azuis perdidos, está todo retesado pelo esforço de me compreender.

"Sim, sim, meu tio", diz, "o que quer, o que quer?"

"Vá... comprar... umas... *chouquettes*... para mim", digo, percebendo com horror que a exultação que inunda minha alma ao pronunciar essas palavras maravilhosas poderia me matar brutalmente antes da hora. Enrijeço, à espera do pior, mas nada acontece. Recupero o fôlego.

"*Chouquettes?* Aqueles *choux* pequenos cobertos de grãozinhos de açúcar?"

Balanço a cabeça com um pobre sorriso. Ele esboça outro, de mansinho, em seus lábios amargos.

"Então é isso que você quer, velho louco, *chouquettes?*" Aperta afetuosamente meu braço. "Vou buscar. Vou já, já."

Atrás dele vejo Anna, que se anima, e a ouço dizer: "Vá ao Lenôtre, é o mais perto".

Uma câimbra de terror me aperta o coração. Como um dos piores pesadelos, as palavras parecem levar um tempo infinito para sair de minha boca, enquanto os movimentos dos seres humanos ao redor se aceleram vertiginosamente. Sinto que Paul vai desaparecer ao passar pela porta antes que minha palavra alcance o ar livre, o ar de minha salvação, o ar de minha redenção final. Então me mexo, gesticulo, jogo no chão meu travesseiro e, ó misericórdia infinita, ó milagre dos deuses, ó alívio inefável, eles se viram para mim.

"Que foi, meu tio?"

Com dois passos — mas como fazem para ser tão ágeis, tão ligeiros, certamente já estou em outro mundo, de onde eles me parecem tomados pelo mesmo frenesi do início do cinemascope, quando os atores tinham os gestos acelerados e ritmados da demência —, ele está de novo ao alcance da voz. Estou com soluço, de alívio, vejo-os crisparem-se de angústia, tranquilizo-os com um gesto lamentável enquanto Anna se precipita para pegar o travesseiro.

"No... Lenôtre... não", digo grasnando, "no... Lenôtre... de jeito... nenhum... Não... vá... a um... doceiro... Quero... os...

choux... num... saco... de... plástico... do... Leclerc." Respiro convulsamente. "Os... *choux*... moles... Quero... os... *choux*... de... supermercado."

E, enquanto mergulho no fundo de seus olhos, insuflo no olhar toda a força de meu desejo e de meu desespero, porque é, pela primeira vez no sentido literal do termo, uma questão de vida ou de morte, e vejo que ele entendeu. Sinto isso, sei. Ele balança a cabeça e, nesse balanço de cabeça, há uma reminiscência fulgurante de nossa antiga cumplicidade que renasce dolorosamente, de uma dor alegre e apaziguadora. Não preciso mais falar. Enquanto ele sai, quase correndo, deixo-me escorregar no algodão bem-aventurado de minhas lembranças.

Elas me esperavam dentro do plástico transparente. Na gôndola de madeira, ao lado das baguetes guardadas no envelope, dos pães integrais, dos brioches e dos flans, os saquinhos de *chouquettes* esperavam. Por terem sido jogadas ali diante do balcão, em desordem, sem consideração pela arte do doceiro que as dispõe amorosamente e bem arejadas, elas estavam aglutinadas no fundo do saquinho, apertadas umas contra as outras como cachorrinhos adormecidos, no calor sereno da confusão. Mas, sobretudo, colocadas em sua última morada ainda quentes e fumegantes, tinham liberado um vapor decisivo que, ao se condensar nas paredes do receptáculo, havia criado um meio propício ao amolecimento.

O critério da grande *chouquette* é aquele de qualquer massa de *chou* que se respeita. Tem que se evitar a moleza assim como a dureza. O *chou* não deve ser borrachudo, nem molengo, nem quebradiço, nem agressivamente seco. Tira sua glória do fato de ser macio sem fraqueza e firme sem rigor. É a cruz dos doceiros que o recheiam de creme evitar que essa moleza contamine o *chou*. Já escrevi crônicas vingativas e devastadoras sobre os *choux* que iam desmoronando, páginas suntuosas sobre a importância capital da fronteira em matéria de *chou* recheado de creme — sobre o mau *chou*, aquele que já não sabe se diferenciar da manteiga que o forra por dentro, cuja identidade se perde na indolência de uma substância à qual ele deveria, no entanto, opor a perenidade de sua diferença. Ou algo assim. Como é possível trair a si mesmo a esse ponto? Que corrupção ainda mais profunda que a do poder nos conduz, assim, a renegar a evidência de nosso prazer, a amaldiçoar aquilo que amamos, a deformar a esse ponto nosso gosto? Eu tinha quinze anos, saía do liceu faminto como se pode ser nessa idade, sem discernimento, selvagemente e, no entanto, com uma quietude de que só hoje me lembro, e que é justo o que falta tão cruelmente a toda a minha obra. Toda a minha obra que esta noite eu daria sem arrependimento, sem a sombra de um remorso nem o início de uma nostalgia, em troca de só uma e última *chouquette* de supermercado.

Eu abria sem consideração o saco, puxava o plástico e aumentava, grosseiramente, o buraco que minha impaciência ali formara. Enfiava a mão lá dentro, não gostava do contato pegajoso do açúcar depositado nas paredes pela condensação do vapor. Com cautela separava uma *chouquette* de suas congêneres, levava-a religiosamente à boca e a engolia fechando os olhos.

Muito se escreveu sobre a primeira dentada, a segunda e a terceira. Muitas coisas foram ditas a esse respeito. Todas são verdadeiras. Mas não atingem, nem de longe, o inefável dessa sensação, do afloramento e, depois, da trituração da massa úmida numa boca transformada em orgástica. O açúcar embebido na água não se desfazia: cristalizava sob os dentes, suas partículas se dissociavam sem choque, harmoniosamente, os maxilares não o quebravam, espalhavam-no de mansinho, num indizível balé macio e crocante. A *chouquette* grudava-se nas mucosas mais íntimas de meu palato, sua moleza sensual se casava com minhas bochechas, sua elasticidade indecente a compactava de imediato numa massa homogênea e untuosa que a doçura do açúcar realçava com uma ponta de perfeição. Eu a engolia depressa, porque ainda havia outras dezenove a conhecer. Só as últimas seriam mastigadas e remastigadas com o desespero do fim iminente. Consolava-me pensando na última oferenda daquele saquinho divino: os cristais de açúcar depositados bem no fundo, à procura de um *chou* em que se agarrar, e com o qual eu rechearia as últimas pequenas esferas mágicas, com meus dedos lambuzados, para terminar o festim de uma explosão acuçarada.

Na união quase mística de minha língua com essas *chouquettes* de supermercado, de massa industrial e com grãos de açúcar que se transformavam em melaço, atingi a Deus. Desde então, perdi-o e o sacrifiquei a desejos gloriosos que não eram os meus e que, no crepúsculo de minha vida, por pouco não o roubam de mim.

Deus, isto é, o prazer bruto, sem partilha, aquele que sai do núcleo de nós mesmos, que só leva em consideração nosso próprio gozo e que da mesma forma volta a ele; Deus, isto é, essa região misteriosa de nossa intimidade em que estamos inteiramente entregues a nós mesmos na apoteose de um desejo autêntico e de um prazer sem mistura. Tal como o umbigo, que se esconde no mais profundo de nossos fantasmas e que só nosso eu profundo aspira, a *chouquette* era a assunção de minha força de viver e existir. Durante toda a minha vida eu poderia escrever sobre ela e, durante toda a minha vida, escrevi contra ela. É só na hora de minha morte que a encontro, afinal, depois de tantos anos de errância. E, definitivamente, pouco importa que Paul me traga uma antes que eu faleça.

A questão não é comer, não é viver, é saber por quê. Em nome do pai, do filho e da *chouquette*, amém. Morro.

Obrigada a Pierre Gagnaire, pelo cardápio e sua poesia.

1ª EDIÇÃO [2009] 3 reimpressões

ESTA OBRA FOI COMPOSTA PELO GRUPO DE CRIAÇÃO EM ELECTRA E
IMPRESSA PELA GRÁFICA BARTIRA EM OFSETE SOBRE PAPEL PÓLEN
DA SUZANO S.A. PARA A EDITORA SCHWARCZ EM MAIO DE 2024

A marca FSC® é a garantia de que a madeira utilizada na fabricação do papel deste livro provém de florestas que foram gerenciadas de maneira ambientalmente correta, socialmente justa e economicamente viável, além de outras fontes de origem controlada.